拍摄：五年级七班 Sandyyou

水下三千米

我的潜水十年

章衣萍
著

中国财经出版传媒集团
中国财政经济出版社

图书在版编目（CIP）数据

水下三千米：我的潜水十年／章衣萍著．—北京：中国财政经济出版社，2016.6

ISBN 978-7-5095-6704-3

Ⅰ．①水… Ⅱ．①章… Ⅲ．①随笔-作品集-中国-当代 Ⅳ．①I267.1

中国版本图书馆 CIP 数据核字（2016）第 062348 号

责任编辑：潘　飞　　　　责任印制：刘春年

责任校对：胡永立　　　　版式设计：丁丁图文

中国财政经济出版社出版

URL：http://www.cfeph.cn

E-mail：cfeph@cfeph.cn

社址：北京市海淀区阜成路甲 28 号　邮政编码：100142

营销中心电话：010-88190406　北京财经书店电话：010-64033436

北京时捷印刷有限公司印刷　各地新华书店经销

787×1092 毫米　16 开　16.75 印张　167 000 字

2016 年 6 月第 1 版　2016 年 6 月北京第 1 次印刷

定价：52.00 元

ISBN 978-7-5095-6704-3／I·0139

（图书出现印装问题，本社负责调换）

本社质量投诉电话：010-88190744

反盗版举报热线：88190492　88190446

目　录

Chapter 5 揭秘“潜”生活_

Chapter 6 玩转“潜”规则_

Chapter 7 修成“潜”达人_

Chapter 8 玄幻的蓝色梦_

我为女儿作个序

莫小米

杭州仲秋的阳光带着浓郁的桂花香味，弥漫一室。我听见她在电话里跟编辑商讨关于请人作序的事宜。我抱着她四个月大的婴儿，故意在她身后走来走去。

她没有像平时那样立即转过身逗娃，也不吭声，我知道她是在考虑。

她没有考虑我。

她是觉得我并不懂潜水，还是怕让我作序，有“王婆”之嫌？

我终于抢先开口。我是有太多堵在心里的话要乘机说吗？

记得有个大年三十，奇冷。

我们一家三口跟大家庭的亲戚一起，在餐馆用毕年夜饭后，别的小家都回家团圆贺岁去了，她从车的后备箱里拖出一个硕大的潜水包（潜水服、蛙鞋、BCD、潜水面镜、潜水手套……），叫了一辆出租，消失在夜色里。

扔下一句：“你们不要打电话，我去的地方大多没有信号，有信号时我会联系你们的。”

儿行千里母担忧，何况是——儿潜万里。那一趟，她去的是地球的另一边，另一边的深海。一个人出发。

她一度年年要去潜水，去的都是人类文明无法覆盖的、鸟不拉屎的荒蛮海岛，那样的地方才是深潜者的天堂。每次出发，作为父母，就要忍受失联的煎熬。

我们只有一个女儿。

可是自荐时我说的却是："好歹你老妈也是以文为生的，将我排斥在外，人家还以为我们母女不合……"然后两人笑作一团。

哦，是三个人。小婴儿看我们笑，也咯咯地笑出声来。

衣萍从小胆小。

开口早，11 个月。站立不晚，12 个月。可她一直手扶着床栏墙根儿走，走得飞快，却绝不放手。

直到 16 个月时，她还是不肯走。带到公园柔软的绿草坪上，我们撒手走远，她原地大哭，就是不肯迈开一步。

游泳也直到大学毕业工作了才学会。在家里展臂练蛙泳手势，哗拉一下，把一个她十分喜欢的杯子打烂在地。

我看他们入水的视频，一只小划艇上，十来个人对坐，装备齐全，到了地点，一起四脚朝天后仰入水。跟跳伞有一比吧，一脚踏出就是无垠蓝天；潜水，一个倒栽便是深不可测的大海。她承认自己“菜”，都上百潜了，这一刻还是不免心慌。

她描述自己的第一次，到了水下，“一路紧紧地拽着潜导的手，估计都把他拽疼了”。

危险？我认为她的话很对：“你严格遵守规则的话，就不危险，或者说能将危险降到最低；你不遵守规则，过个马路也非常危险。”

这话我常常是用来应答别人的，因为常常有人问我，你女儿去深海潜水，你不担心？

回答过之后，担心依然。我想每个母亲都懂。

我是“文革”初二生，读书少，下乡三年，站柜台十三年，终于考入杭州日报社时，已经30多岁，衣萍6岁。

我怕跟不上，拼命发奋。衣萍每每睡梦里醒来，总看见我在爬文字格子。她或许是排斥文字的，觉得太苦太闷，不如画画儿好玩。所以后来她选择了美术专业。

“做”文章，她是不会的，舞文弄墨，她不擅长，或者换个说法，也不屑。看到这样的文字，她立马丢开。

基本上，她爱看什么，就怎么写。她爱看第一手的、有实货的、有趣味的，否则看什么文章啊，不如去看个画展看个影碟啊。

衣萍一直说我对她没信心，惭愧，这个真有。之前她已写过不少，写去德国自驾玩转古堡，写去巴黎短租狂扫博物馆，写美国大都会，写日本姬路城，写跨界艺术涂鸦大师……写得挺好看，现场感特强。

可是当她告诉我有编辑邀约开潜水专栏，我有些许疑虑，我主持过专栏版面，觉得专栏作者除了要写得好看（这个她可以），还要有足够的文化储存和文字底气，方有后劲，方可持续。衣萍行吗？反正我从来没想过这事儿。

年轻编辑对衣萍的文章倒是一拍即合。首批出炉，很多人看好。尤其一位资深编辑，因视力问题提前退休走天下去了。曾经博览群书口味极刁的他，宣称现在除了“路书”啥都不看了，他指的是“亲历”。这位资深编辑的点赞让衣萍大受鼓舞，我也放下心来。

或问，我从事副刊编辑30多年，发掘过很多作者，算是好编辑，会如此没把握？应该说，关心则乱，父母看孩子，难免有失偏差。

为写这篇序，我打开电脑中的“深蓝诱惑”库。

坦白一下，目录中，每一篇都有双份，其中一份加注m。

加注m的是我阅过的。我是她的第一读者，也算是第一编辑，帮着改个把标点和录入错误，敲几个回车。我能看出，她写得极顺畅，仿佛背着氧气瓶，含着呼吸头，重新置身华丽深蓝，再现不可名状的惊喜和随时遭遇状况的紧张，期间根本无暇琢磨、推敲个别词句的表达。写完，她长吐一口气，仿佛返回到了水面，接下来取下脚蹼、收拾装备等，是船工的活儿。（m是那个船工么？）

“南太平洋汤加的大翅鲸”“马来西亚诗巴丹岛的海龟”“帕劳blue corner（蓝角）的拿破仑”“南美加拉帕哥斯群岛的锤头鲨”“52赫兹的跑调雄鲸”“水

下时速达27千米的海狮”……随着她的写作渐入佳境，m的身份越来越从编辑变身纯粹的读者，那个从未窥看过一眼的世界，奇异的景象与奇幻的感受，拽住了我的阅读和想象，m常常忘了干船工的活儿。

有时则好像是在看恐怖片：“忽上忽下的洗衣机流”“身陷密密的海狼风暴”“阴森恐怖的二战沉船”“遭遇水下地震”……惊险！刺激！精彩！忽然醒悟，冷汗一身，下次再不敢让她去了！

可是，我说了有用么？下次，据说她要带孩子去了。我是不是也考虑同去？哈。

当看到她与小伙伴为中国周边海域的生态破坏而痛心疾首，致力于种植培育珊瑚（没有珊瑚的海底就等同于陆上的荒漠），我深受触动。

我尊敬的父辈曾教导我，想提高自己，没别的，只有抓紧时间，挑灯苦读，埋头苦干，玩物丧志。后辈的活法让我们知道，玩儿也可以提升境界。

致力环境保护，有些食物再诱人也不能吃，有些生物再美丽也不能碰，身为中国人的自律自爱，严格遵守规则，尊重不同的习俗……这不是接受了什么宣传理念，这是亲历带来的变化，非如此不可！

前　言

只是因为埋下头，往海洋深处望了一眼，于是，一个全新的世界在我眼前打开了。

那是2005年的国庆节，在朋友的怂恿下，我第一次战战兢兢地潜入印尼龙目岛的海底，胆小怕水的我一路紧紧地拽着潜导的手，估计都把他拽疼了。

当看到一丛丛漂亮的珊瑚礁，还有七彩小鱼穿梭其中时，我的恐惧感一点点消失了，取而代之的是兴奋与好奇。继续往深海游去，大片的珊瑚礁出现在眼前，我仿佛身处色彩斑斓的画中。

我素来对生物感兴趣，那一潜让我看到了海龟（运气真是很不错）、海蛇、狮子鱼、天使鱼等各种漂亮的鱼，我在陆地上一年都见不到那么多种类的动物。

在回程的路上，我突然有了一种紧迫感，因为我周游世界的梦想版图不再仅仅局限于陆地，而是突然增加了好大一块——蔚蓝的海洋。

要入门，先考证

想在国际上大小潜点自由自在地潜水，需要通过一个国际潜水组织PADI的考试，获得OPEN WEATER DIVER（开放水域潜水员）证书（后面简称OW），这样你才能算是一个入门级的合格潜水员。

对于选择潜水教练，我的要求很简单——会中文。10年前这样的潜水教练屈指可数，权衡再三，我选择了生活在普吉岛的香港潜水教练小平和莎拉（如今他们已经金盆洗手，成了江湖上的传说），和我差不多同一时间学习潜水的朋友，很多都是我的同门。

经过三天的刻苦学习，我学会了所有的动作，并轻松通过了笔试。在所学的项目中，最让我难以攻克的是摘下面镜再重新戴上，然后用鼻腔呼气排出海水这个动作（直到现在，做此动作前我还是会紧张）。因为面镜的作用是把整个眼睛和鼻子都罩上，起到与海水隔离的效果，一旦面镜离开头部，你的视线立刻变得模糊，鼻子直接暴露在海水中，万一这时候一慌乱用鼻子吸上一点海水，那只好把海水当饮料，咕嘟地吞了下去。我喝过一次，绝对是我这辈子喝过最难喝的“饮料”，整个呼吸道都是辣辣的感觉。

对于初学者，大海是一个完全未知的世界。未来面对危险该如何处理？

该怎么与海洋相处？该怎么与海洋中的生物相处？怎么与潜伴、潜友相处？这些虽不在教学范围内，却都是非常重要的内容。小平和莎拉通过言传身教，让我明白：在水下遇事冷静是关键，千万不能慌乱；要敬畏海洋和大自然，严格遵从 PADI 的教学理论；可以欣赏海底的生物，但不可以伸手触摸更不可以捕捞，这不仅仅是为了保护海洋生物，也是保护自己。

OW 证书规定，我只能下潜到 18 米的深度，仅有这本证书，还不够。一年后，我又去菲律宾和马来西亚考取了 AOW 证书（高级开放水域潜水员）以及高氧证。有了这三本证书在手，我就可以潜到 30 米深，同时可以使用含氧量更高的气体，增加每一次下潜的时间，减少由氮气带来的疲惫感。

这下算是入门了，刚刚开始的精彩已经让我心跳不已！

蓝蓝的海，蓝蓝的梦

“我穿梭在五彩斑斓的珊瑚礁间，许多小鱼在我身边悠游，忽然眼前隐约出现了一张黑白斑点的大嘴，一条鲸鲨悄无声息地从一片深蓝中探出脑袋，又甩甩尾巴消失在茫茫大海中……”

这时闹钟响起，叫我该起床上班。

那是几年前，出发去马尔代夫潜水前夕所做的梦。曾经有那么几年，只要一段时间不潜水，我就会在梦里会一会那片深蓝。

第二天在潜水群里分享昨晚的梦，竟然大多数潜友都有过相似的梦境。

这是典型的潜水“中毒症”的症状之一，一般多发于潜水初学者，症状持续的时长视个人情况而定。我天性比较喜新厌旧，但这类蓝色的梦，连续好几年溜上我的床，爬进我的脑海。

怎么解毒？本人是普通小白领一个，时间和金钱都有限。为了能潜水，我把所有的黄金周、年假都用上了。有一年大年三十与一飞机的菲佣一起飞向马尼拉，甚至好几年没有在家过除夕（在这里，谢谢家人的理解）。有段时间，我甚至把 QQ 签名改成了“把钱都扔到海里”。

先从近的地方玩起，菲律宾是首选，那里价廉物美，我连着去了好几回。我的护照上布满了马来西亚、泰国、越南、印度尼西亚、马尔代夫、帕劳还有菲律宾这些含金量不高的签证（有时候都在琢磨，海关会不会误以为我是个常年在东南亚赚钱的打工妹）。随着足迹越走越远，时间和费用也越来越高。

那段时间，我的肤色都深了不少。每次回来在家待了几个月刚养白一点，又一个潜水行程开始了，回来又黑了一层，再加上每次潜水假期回来，我都能瘦上几斤，整个人可以冒充去当菲佣了！

“中毒”最严重时，我甚至患上了一种焦虑症。如果未来一年或者半年内没有一个潜水行程在等着我，我就会像眼前没有挂着胡萝卜的驴子一样，看不到希望。

对于不潜水的人来说，可能很难理解这种疯狂的行为。的确，潜水的美好，让文字描绘变得苍白，只有潜过的人才知道其中的魔力所在。好在我结识了一大群来自天南地北、志同道合的潜友，假期时结伴潜水出游，平时在网络上分享关于潜水的一切，这份快乐也被放到无穷大。

比纪录片更震撼

2009 年，在 BBC 的纪录片 *Life* 中，我第一次看到大翅鲸，那震撼的场面一下就刻进了我的心田。

关上视频，火速联络自己的潜伴，我不禁抹着哈喇子说：“怎么样，组织一回吧！”

观鲸胜地在汤加，汤加在哪里？从地图上看，那只是在茫茫南太平洋中一个芝麻大的小点。

汤加怎么走？从香港出发，转机斐济，飞到汤加首都之后，再乘坐极小的飞机（约 20 座），降落在一个极小的小岛 Vava'u，单程就得转四次机，花上 2~3 天时间，来回一万出头的机票钱。

真是好事多磨，终于，2011 年，南太平洋，汤加，大翅鲸，我来了！

一首鲸之歌，拉开了观鲸之旅的序幕。

这是一个奇妙的瞬间，我好像一块木板静静地漂浮在南太平洋的海面，遥望着那条离我 20 米远的鲸鱼，忽然一种奇怪的声音传入耳中："咦啊——咦啊——嘎——格叽格叽……"有一点点像牛叫。没错，我听到的就是传说中的鲸鱼之歌。这是雄鲸给雌鲸发出的信号，表示这里有一位雄壮的 boy 在渴望一次浪漫邂逅。"美丽的姑娘，你快来吧！"

这声音带着极强的冲击力，即使隔着如此远的距离，我依然能感受到那声浪的力量。我轻松地趴在海面，聆听着鲸鱼的歌声，原来看鲸还有如此宁静惬意的片刻，这个开端很诗意。

观鲸第二天，似乎是连续剧演到了高潮部分，一出爱情大戏在我们眼前上演。

船的四周都有喷出水面的水雾和大翅鲸的背鳍跃腾，这意味着在我们附近，有一群鲸在出没！我们的船，正被大翅鲸层层包围！

传说中经典的heat run（鲸鱼求偶）大翅鲸爱情大片就在眼前上演，五条雄鲸互相争斗、搏击，追逐一尾雌鲸。听到这消息，船上沸腾了。要知道这个镜头是难得一见的，前年*Life*剧组想来拍摄这个场景，尾随一群雄鲸等待了十几天之久。而我们竟然在到达的第二天就看到了！

眼前的景象，让我已经不知道该看哪了。海面上一片混乱，到处都是腾空而起的气浪，总有三四个背鳍同时在海面翻腾，掀起巨大的浪花。正常情况下，看到一条都能让人兴奋好久，现在同时出现那么多条，真是让人激动到发晕，以至于我现在回想起来，这段记忆都有些模糊，同伴则念叨了好几遍："我觉得自己是在做梦。"

这出连续剧的结局是美好的。

当观鲸之旅即将结束之时，我们再次与鲸相遇。当船靠近时，发现这头鲸宽大背鳍的边上，还有一个小小的、迷你的小背鳍，原来这是一对母子鲸。它们紧紧相依，畅游在南太平洋的海水中。观鲸，不仅能体会到刺激，还能感受到母爱的温暖与繁衍的力量。

观鲸之旅回来后，小伙伴们开始讨论，还有什么行程，能比这次更刺激呢？

那就组织一趟潜水者心目中的麦加，Galapagos（加拉帕哥斯）群岛朝圣之旅吧！

没想到这一等，又是两年。

唯有下水，才可治好潜水中毒症

飞机带着我和我的潜伴，迅速地越过 Galapagos 的海岸线，接下来八天船潜的经历，对于我来说，仿佛是一个蓝色的梦。在梦里，有数百条锤头鲨列队通过，上百条海豚在我们的潜船附近的海域欢腾跳跃，十余米长的怀孕的鲸鲨华丽地路过，小海狮好奇地冲到相机前轻啃镜头。

一切真实又梦幻，甚至比梦境更不可思议，我是多么幸运，见到了大自然如此美妙的一面，潜水者心目中的麦加果然名不虚传。

Galapagos 群岛是厄瓜多尔位于太平洋、距陆地本土 1000 公里的一个省，由十几个火山岩岛屿组成，人口不足两万。她还有一个更有名的名字——达尔文岛。1835 年，达尔文来此地，受岛上特有的生物链的启发，写出了著名的《物种起源》。

Galapagos 的“主菜”就是锤头鲨，大部分潜点都可以见到。尤其在达尔文拱门附近每年的 6~9 月，大批锤头鲨随着洋流而来，在达尔文拱门下的海域寻觅属于自己的爱情。锤头鲨交配的方式有些重口味，雄性会用尖利的牙齿咬住雌性的左肩，因此我们在水下见到了不少身上带着咬痕的锤头鲨，每次遇见我就在心里暗笑：“小妞，你前几天约会去了吧！”

从下水第一眼到做五米停留都能看见锤头鲨，你可以侧视、仰视、俯视各种角度地看。最开始觉得锤头鲨的外形奇特，体态流畅，身形壮硕，后来看多了，感觉这家伙扭来扭去就好像一个大泥鳅。

不过，只和小群的锤头鲨偶遇太不过瘾了，这毕竟是在 Galapagos！怎么样也该浩浩荡荡地来一回吧。

终于，在达尔文拱门的第八潜，也就是最后一潜，大片上演了！

铺天盖地的锤头鲨说来就来，密密麻麻！好像是外星人入侵，又好像是阅兵式，浩浩荡荡地在我们眼前走了十多分钟，此时大概很多人都在脑海里给这画面配上了星战里的音乐。潜友 QQ 举着摄像机连拍五分钟手都举酸了，老付看着这队伍太壮观，觉得一时半会完不了，找了块石头坐下慢慢看。

回到船上，Sandyyou 又激动又有些担心：“你说这以后看啥还能让我激动啊！”老潘说：“这阅兵仪式待遇高，刚开始认为自己是个连长，后来成了团长，最后当走了 10 分钟还没走完，我发现原来我是首长。”

算算我们一共看见了多少条，几百条是起码的了，近千条都有可能。当它们聚在一起时，显然就胆子大了不少，有几条是贴着镜头游过去的。看着看着，我们突然听到一个尖厉的声音，这些锤头鲨立刻“嗖”的一下，集体消失不见。潜导说，这有可能是它们听到了虎鲨的叫声。

从 Galapagos 回来后，我的潜水中毒症突然不治而愈。这趟不仅仅是我的朝圣之旅，也是我的解毒之旅。我会像以前那样爱大海，爱海洋生物，但是那些蓝色的梦，许久未曾到访。

诱惑我的，不只那一片深蓝

从 Galapagos 回来后，《杭州日报》的编辑小麦来约稿，邀请我成为“杭报”的专栏作家，就写关于潜水和海洋的一切，专栏的题目就叫“深蓝诱惑”。

这听起来是个美事，人家在报纸上给我留了一小块自留地，我可以随意播种，并且还能赚点零花钱。

但心里又有些打鼓，专栏对文字的要求比较高，我能不能胜任呢？之前的行程都已经被写成长篇游记并发表于多家报纸、杂志，我还有哪些可以写？

小麦看出我的犹豫，又给我加了点料，抛出一根胡萝卜：“专栏数量够的话，可以集结出书哦，到时候我可以帮你找出版社。”

被小麦说得我心痒痒，拿出纸笔，开始列题材，一个、二个、三个、十个、二十个！

行，就试试看吧！

找了一个周末，用了两个下午，火速完成了四篇，忐忑地交稿，没想到得到了一片掌声。

潜友来打趣，说别人问他："杭报上有个叫章衣萍的开了个潜水专栏，你认识她么？"他回答："岂止是认识，我在Galapagos的时候，还天天帮她脱衣服呢！"

别误会，是潜水衣，谁让5毫米的加厚潜水衣那么难驾驭呢！

还有不少报纸、杂志、微信公众号转载了我的文章，被朋友看到，他们特意来告诉我。

得到了各方鼓励，信心倍增。我开始留心身边的资讯，不放过任何可以用来写专栏的材料、谈资，连潜友聚会我也留意着收集可写的内容。思路就像是开了闸，可写的内容越来越多，大大出乎我的意料。或许是我太小看海洋了，这片蔚蓝是如此迷人，生命是如此多样，哪里是一个小小的专栏能够装得下的？

我希望这个专栏的阅读人群不仅仅局限于潜水一族，我想把海底世界的奇妙与更多不潜水的人分享，让更多人通过我的文字爱上大海，少吃点鱼翅，甚至有机会潜入大海的身体里，感受她的每一次心跳。

写着写着，就有了这本应运而生的书。

最后，还是要再次谢谢小麦，让我做成了一件最初心里没谱、后来越做越喜欢的事。

拍摄：五年级七班 Sandyyou

Chapter 1

海底萌物_

我虽萌，却是迷人的杀手

眼前这只指甲盖大小的章鱼，浑身如霓虹灯般闪着蓝色的环状图案，让我不由自主地把相机越举越近，几乎快把镜头贴到了它的身上。潜导紧紧盯着我的动作，仿佛我再靠近一分，他便要一掌把我打退。

花非花，树非树

主人公走在潘多拉星球上，身边尽是奇妙的动植物。一种呈螺旋状生长、数米高的大树，被主人公用手指轻轻一碰，立刻“嗖”地一下，缩回地里，把演员和观众都吓了一跳。

如果你看过卡梅隆的《阿凡达》，这个场景对你来说一定是记忆犹新。

如此奇妙的瞬间，被潜水员捕捉到眼里，换来的是会心一笑：“这不是我们最爱欺负的圣诞树蠕虫么！”

众所周知，卡梅隆是个疯狂的潜水爱好者，《阿凡达》中的很多灵感也是来源于大海。电影中这种“害羞”的大树，其实是海洋中一种不过几厘米大的圣诞树蠕虫，属于管虫的一种，广泛地分布于世界各地的热带海洋。

圣诞树蠕虫通常长在珊瑚礁上，有红、白、黄、蓝、紫等色，可谓色彩缤纷。通常呈羽毛状螺旋上升，造型与圣诞树有几分类似，因此而得名。

潜水无聊的时候，用手在它们边上轻轻一挥，它们立刻集体瞬间缩回珊瑚礁内，百试百灵，堪比训练有素的士兵，别提让你多有成就感了。

其实，羽毛状的部分，并不是圣诞树蠕虫的本体，只是它的冠，学名叫鳃羽。因此我们看到的圣诞树蠕虫通常都是成双成对地生长，其实每两棵“圣诞树”下面，就生活着一只终年不见天日的管虫。

拍摄：五年级七班 Sandyyou

拍摄：五年级七班 Sandyyou

鳃羽是圣诞树蠕虫赖以生存的嘴巴。每一个螺旋结构由一系列触须构成，属于高密度呼吸结构，还用于“守株待兔”捕食漂浮的小型生物。它属于“半植物人”状态，没有专门为运动和游泳的肢体，只能像植物一样扎根于一处，不能游出管子到外面活动觅食。

在神奇的海洋中，什么都有可能，非但树不是树，花也不是花。

在潜水时，偶尔能在海底的岩石等平坦、坚硬的区域，看见一种红色或白色的小花。这种小花的花瓣通常很薄，由内而外，呈一条曲线状盘旋生长，并牢牢扎根于海底，没有叶子，也没有花托、花蕊，连枝干都没有。

有心靠近，细细打量，能发现这朵小花的花瓣，是由一粒粒的小圆点组成，这哪里是花，这是海兔的卵！这是由成千上万粒小卵组成的生命之花。

海兔和兔子没有半点血缘关系，鼻涕虫才是它在陆地上的表亲。不过它的色彩绚丽，体貌多变，比鼻涕虫美丽上一百倍。得了这个名字，只是因为头上长有两个类似兔耳朵的触角。

海兔是螺类的一种，又称海蛞蝓，属浅海生活的贝类。它是甲壳类软体动物家族中的一个特殊成员，因为它们的贝壳已经退化为内壳。

海兔在交配完几小时后，便开始产卵。卵从海兔的身体下方如牙膏般挤出，海兔爬过的地方，就留下一条薄而窄的卵带，因为海兔的卵通常下窄上宽，卵带通常都有着花瓣般美丽的褶皱。据说有些强悍的海兔，能产下长达十余米的卵带，卵的数量能达十万之多。不过，虽然数量众多，大多数卵都成了海洋生物的美餐，因此，能被孵化的海兔，都是数万分之一的幸运儿。

这个杀手很迷人

眼前这只指甲盖大小的章鱼，浑身如霓虹灯般闪着蓝色的环状图案，让我不由自主地把相机越举越近，几乎快把镜头贴到它身上了。

潜导紧紧盯着我的动作，仿佛我再靠近一分，他便要一掌把我打退。

后来他告知，这不是普通的章鱼，这是海底的著名小毒物蓝环章鱼。据说一只蓝环章鱼所携带的毒素能在数分钟内一次杀死 26 名成年人！平时它躲得好好的，自己身上的颜色与环境色保持一致，当受到威胁发怒时，身上便会闪烁蓝色的光环，它也因此而得名。

我怎么不知道危险？只不过它那么小，又那么特别（有些角度看起来好像外星人），而且它惊慌失措，左躲右藏，哪有什么杀手风范！再说难得见到它一次，当然要看过瘾拍过瘾才满足。

蓝环章鱼是一种很小的章鱼品种，臂跨不超过 15 厘米。我见到的这只很小，臂跨只有 4~5 厘米。它是已知的最毒的海洋生物之一，会用很强的河豚毒素麻痹猎物，体内的毒液可以在数分钟内置人于死地，目前医学上仍未有解毒的方法。被这种章鱼蜇刺后几乎没有疼痛感，一个小时后，毒性才开始发作。幸好这种章鱼不会主动攻击人类，除非它们受到很大的威胁。

蓝环章鱼与大白鲨一样，深受文艺圈人士的喜爱。在《007》电影系列《八爪女》中，女首领八爪女在水族箱里养了一只蓝环章鱼。水族箱被打破后章鱼逃出，并毒杀了一个坏人。在小说《恐惧之邦》和 *The Western Lands* 里，蓝环章鱼被描述为武器。我的一位潜友，甚至要求我帮他设计一个蓝环章鱼图案，拿来文在身上。

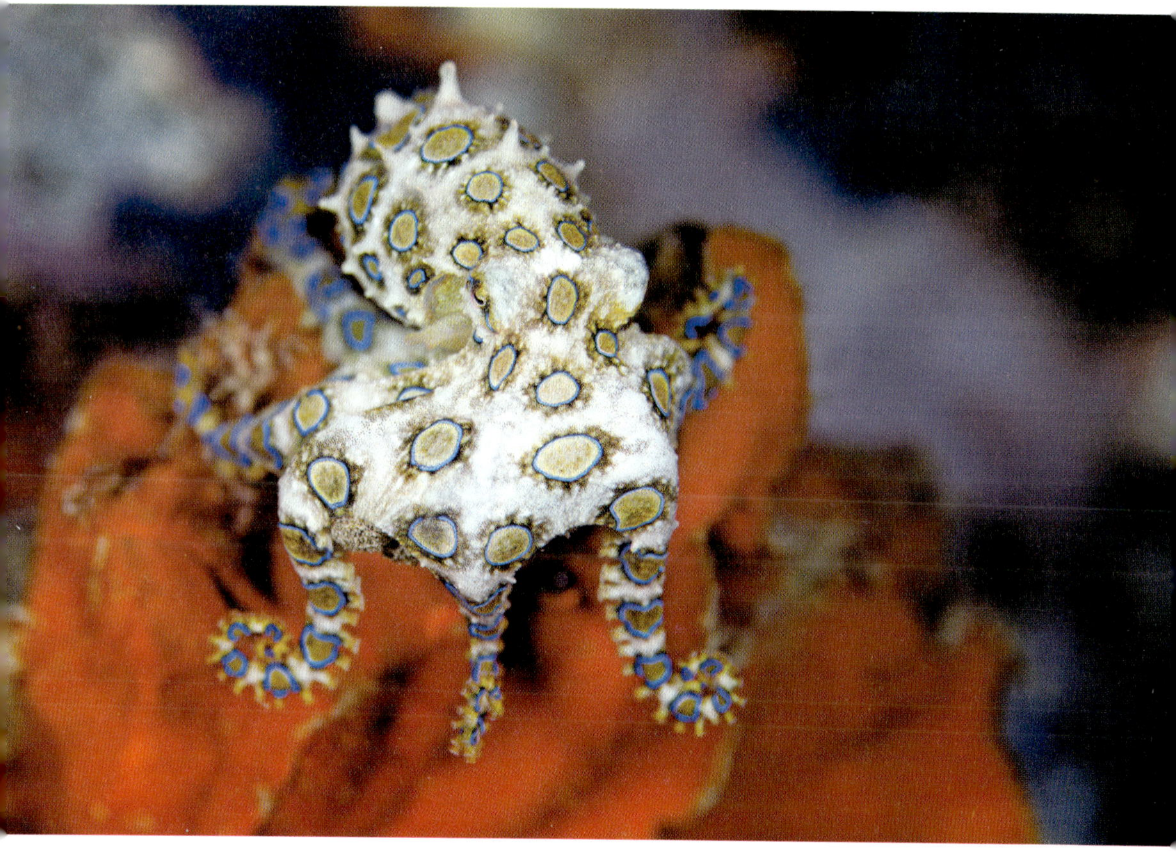

拍摄：五年级七班 Sandyyou

海洋中不少生物都带有致命毒素，最为常见的毒物要数狮子鱼和石头鱼。好在它们与蓝环章鱼一样，秉承着“人不犯我，我不犯人”的处世原则，与潜水员和平共处。

狮子鱼的扮相非常高调，一身漂亮的鱼鳍就好像是京剧里头插翎毛、身背大靠的大武生，再加上鲜艳华丽的红白花纹，一举一动都无比优雅，通常是海里最上相的生物之一。

虽然我们人类的眼睛能很快把狮子鱼与珊瑚区分开来，可是对于海中眼神不佳的鱼儿来说，眼前一片斑斓，难以分辨，因此狮子鱼经常潜伏在珊瑚礁附近，既能藏身，又可捕猎。

石头鱼则是海里的伪装高手，眼神不好的人，潜导都快把手指到石头鱼前面了，他还是一脸的茫然。顾名思义，石头鱼的颜色与海底石头的颜色非常接近，通常它会静静地趴在礁石上一动不动，如隐形一般难辨真假。

这多少会给潜水员造成困惑，谁知道你随意往海底一趴，或者随便往礁石上一抓时，会不会正巧侵犯到某条蛰伏的石头鱼呢？记得有次我在珊瑚边等长尾鲨，无聊之中左右仔细观察了一下，发现距自己半米外藏了一条石头鱼时，瞬间吓出一身的鸡皮疙瘩，想想幸好自己没在水下动作太大惊吓到它。后来我就学乖了，每次往沙地上趴之前，会把周围的环境仔细检查一遍。

这两种鱼类都是通过毒鳍刺伤对手，一旦被刺立刻会引起剧烈疼痛，让你瞬间无法自控，甚至无法呼吸。这在水下往往是致命的，因为潜水员会因为疼痛而失去理智，若此时不顾一切冲出水面，会导致潜水员得潜水病。

不过，正是有了这些迷人的杀手，大海才显得更神秘、更魅惑。对于大海中的生物来说，潜水员的到访就好像是自家来了客人，如果这个客人老老实实、规规矩矩、客客气气，大家自然能好好相处。

可吃海蜇，不可碰水母

满眼的水母，它们慢慢悠悠，游游荡荡，比天上的星星还密集。面对帕劳水母湖这样的美景，我却在不停地吞口水，邪恶地分析着，究竟哪一部分是海蜇头，哪一部分是海蜇皮。

正常情况下，水母都是潜水员避之不及的可怕生物，因为大多数水母都是有毒的，虽然不会致死，但是也会让你疼痛红肿。当你在海水中突然感到身上或者脸上火辣辣的一疼，那多半是遇上了水母。

而事情都有例外，全世界一共有两处无毒的水母湖。一处是在印尼的达拉湾，另一处就是帕劳，两处我都去过。这两处都是由于地壳运动，从海湾变成了内陆湖。由于和外海隔绝，湖中的大多数海洋生物随着养分的消耗而消亡，只剩下水母这种靠少量微生物存活的低等生物。因为天敌退场再加上食物链发生变化，水母从以前靠毒素捕捞小鱼为生，变成了靠海藻分泌的营养素为生的“素食主义者”。

与此同时，水母也成了这个湖里最主要的生物，小的只有樱桃般大小，大的尺寸堪比西瓜。当你游至湖中央时，身边被数百朵通体散发出淡淡金色光芒的水母所围绕，仿若置身于梦境。用掌心轻轻托起一个，滑溜溜亮晶晶，质感有点像果冻。

当然，有毒的水母也很美，我最喜欢在靠近水面的阳光下近距离观察它们。有些水母透明的体内会有几道细细窄窄、如霓虹灯般的光带，红黄蓝绿走马灯般不停地变幻着。入夜后这些水母就在一片漆黑中幽幽地发出光芒，再加上水中失重的感觉，潜水者就好像身处太空一般。

有些水母是会致人死亡的，传说中的僧帽水母，就是地球上的十大毒物之一。澳大利亚箱形水母俗称海黄蜂，也是世界上毒性最强的生物之一，能在几分钟之内致人死亡。在威尔·史密斯主演的电影《七磅》中，海黄蜂扮演了终极杀手的角色。

当然，大多数情况下我们不会那么倒霉。但如果那被水母蜇了该怎么办呢？若你看过经典美剧《老友记》第四季第一集，应该还记得莫妮卡被水母蜇后疼痛难忍，钱德勒不得不用一泡热尿救急，当时两人还未正式成为一对，那个场景不知道有多尴尬。剧中建议用尿液冲洗的原理在于尿液中含有盐分和电解质。但事实上大多数人的尿液盐度都比海水高不少，用尿液冲洗只会让情况变得更糟，所以忘掉莫妮卡和钱德勒吧。

拍摄：五年级七班 Sandyyou

我们常用的方法是，先把皮肤上的剩余触手拿掉，但切记要避免手部皮肤直接碰到触手。接下来，千万不要尝试用淡水冲洗，因为任何改变刺细胞内外溶液盐浓度平衡的举动，都可能刺激刺丝囊的射出，并释放更多的毒液。通常选择用醋冲洗一会，然后用醋敷伤口半个小时。因为醋的酸性可以中和刺细胞毒素中的某些蛋白质，抑制尚未弹出的刺细胞。若情况严重，最好去附近的医院救治。

我的一位菲律宾潜导，曾经被蜇得很有喜感。他嘴唇周边竟然被水母的触手蜇成了一个红圈！虽然把快乐建立在别人的痛苦上不太厚道，但是想象一下这个场景，每次都能让我偷乐半天。

虽然水母只是一种低等的无脊椎海洋浮游生物，但它是地球的远古生物之一，出现得比恐龙还早，可追溯到6.5亿年前。部分科学家认为，地球上最早有视觉的生物是水母，它最先进化出了能感受光线的细胞。

没想到我们平时经常在吃的海蜇，就是海中美丽而神奇的水母。顶部的伞状部分，就是海蜇皮，伞下的组织，就是海蜇头。或许下次点菜时，你可以和老板说："来盘凉拌水母！"

海底好爸爸

眼前的 Jawfish 正小心地从洞中探出脑袋，因为它正完成了一项神圣的使命——传宗接代。它的嘴巴张得大大的，含着满满一口腔的卵，仔细辨别，可以在每个卵泡里看见亮晶晶的黑色小眼睛。

这位就是被誉为海洋界伟大的好爸爸之一的 Jawfish。通常是在月圆之夜，雌鱼产下鱼卵，雄鱼就把这些鱼卵含在嘴中直至孵化。大约 5~7 天时间里，这位辛苦的爸爸不得不张着被卵撑得大大的嘴，不吃不喝，甚至连闭嘴都成奢望，期间还须格外小心翼翼，既要游到洞口不时翻动嘴里的卵，以保证空气流通，又要保证自己和宝宝的绝对安全。

在印度尼西亚达拉湾度假酒店的码头下，就住着这样一群尽职的好爸爸。他们生活在珊瑚礁附近的浅海砂石海底，平时，夫妻俩不停地用嘴挖掘出一个藏身的洞，并利用细石和碎贝壳巩固自己的家园。

尽职的潜导 ADI 在每个好爸爸的家门口都插上一根筷子来做标记，这大大地方便了我们随时下水观察。于是一天一天，我们惊讶地看着爸爸的大嘴中，一粒粒金黄色卵泡里慢慢长出了黑色的小眼睛，随着时间的流逝越来越大，就好像看着自家牧场养的一群小鸡慢慢成长，体验着生命的妙不可言。

每天我都缠着 ADI，问他“when（什么时候）？”终于有一天他告诉我，明天早晨 4 点半。为什么那么早呢？因为 Jawfish 吐卵的时间只在凌晨，错过

拍摄：五年级七班 Sandyyou

这个时间，只能等下次再看了。

顶着满天的星星，揉着惺忪的双眼，大家打着手电依次潜入漆黑的大海。

我们六个人小心地围着一位好爸爸，数台卡片机、单反、摄像机齐齐对着那张大嘴，俨然对付国际巨星的阵势。可是Jawfish并不买账，可能是周围太喧闹，让它感到非常不安。

在“大眼瞪小眼”20分钟后，因为要长期保持一种姿势，我的手脚有一些酸麻，身体也感觉到丝丝寒意。潜导示意我们不要太集中了，带我去另一个洞口守候，果然立即有了收获。

它终于“吐”了！如同人剧烈咳嗽般，它不停地耸动着嘴把自己的宝贝从口中赶向大海。起初每“咳嗽”一次只有几条往外跑，随着幅度的加剧，大把的小鱼从它的嘴中袅袅游出。

几分钟后，这条鱼爸爸的嘴里总算空了，而这些不到一厘米长的小鱼儿脱离爸爸的大嘴后，都迅速地各奔前程，消失在茫茫大海，对父母没有丝毫留恋。辛苦了几天的鱼爸爸大功告成，总算能合上嘴，恢复正常的生活了。

不用担心 Jawfish 的嘴会因为孵卵而超负荷，因为它的学名叫后颌鱼，虽然身体只有 12~15 厘米，但嘴非常大，伸缩性极好，几乎可以开合到 180 度。平时在海底遇到危险又无处可跑时，Jawfish 会把嘴张大到能看见胃的程度，企图以此把对手吓跑。

Jawfish 属于口育鱼的一种。鲶形目（Silurformes）鱼和天竺鲷科（Apogonidae）鱼也属于口育鱼家族。它们为了避免自己的下一代过早地成了其他鱼类的晚餐，就选择在口中孵化鱼卵。有些需要较长时间孵化的宝宝，鱼妈妈也会一起帮忙，大家轮流口含鱼卵。

海底的好爸爸不只口育鱼，海马也是好爸爸之一。要是你在海底看到大肚子的海马，千万不要误会，这位其实是海马爸爸。每年的 5~8 月是海马的繁殖期，这时海马妈妈会把卵产在海马爸爸腹部的育儿袋中，经过 50~60 天的孵化，宝宝就会从海马爸爸的育儿袋中钻出来，就像儿子真是海马爸爸生的一样。

马蹄莲也杀人

一朵白色的“马蹄莲”在海底静静绽放，看上去与世无争，可谁能想到，已有无数的鱼儿葬身于此。

若干年前，我在菲律宾的Anilio潜水，在一个不起眼的贝壳前，见识了自然界的美丽、智慧与残酷。

其实这朵“马蹄莲”是一个贝壳的嘴巴。它在确认四周安全的情况下，会从贝壳一角伸出，缓缓打开，最后绽放成一朵以假乱真的“马蹄莲”。然后，什么也不用做，只需慢慢等待。

一条好奇的鱼儿慢慢靠近这朵小花，它哪里想得到自己的生命即将被她夺去！就在靠近的一瞬间，贝壳迅速用带有神经毒素的毒针将小鱼麻痹，可怜这条小鱼还未来得及做出逃跑的反应，就已不省“鱼”事。

然后，这朵“马蹄莲”裹着鱼慢慢收拢，缩回贝壳内，幸福地享用着自己的下午茶。

这大概算是海洋界生物圈内的“猪笼草”吧！

潜导告诉我，这贝壳或许是鸡心螺中的一种。鸡心螺家族很庞大，有500

拍摄：五年级七班 Sandyyou

种左右，是海洋中的下毒高手。这家伙虽然行动非常缓慢，但却是个爱吃荤的主。它的尖端部分隐藏着一个很小的开口，能从这里射出来一支毒针——美其名曰“鱼叉”，足以使受伤者一命呜呼。据说有些毒性大的鸡心螺可以毒死一个成年人。

所以在这里也要告诫大家，在海滩上看到美丽的海螺不要随意伸手捡，万一正好是一只活着的鸡心螺，后果不堪设想。据统计，每年都有此类悲剧发生。

海洋中的确处处充满了诱惑与陷阱，你听说过一种会钓鱼的鱼——鮟鱇鱼吗？

它的头顶有一根小钓竿，不同种类的鮟鱇鱼都有长短、粗细、大小、软硬不同的一根。在浅海处，这根钓竿的顶部往往长有一小撮类似饵料的组织，像是蠕虫或水草，在生物学上叫做“拟饵”。

它往往会想方设法把自己隐藏起来，有些鮟鱇鱼身上的颜色与环境色非常类似，有些鮟鱇鱼则是浑身长满长毛，不仔细辨别一定以为是一团水草。在印尼的蓝碧可以看到这类长毛鮟鱇鱼，被我们昵称为“毛球”。

每当鱼儿出现在附近，它就来回晃动脑袋上的钓竿，吸引鱼儿过来。当鱼儿靠近时，它就从沙地上暴起，突然张开大嘴，一口把鱼儿吞下。当我目睹到这一幕时，觉得鱼也“不可貌相”，虽然平时看起来笨笨的，但绝对是条心机深重、瞬间翻脸就面目狰狞的腹黑鱼。

为了提高成功率，鮟鱇鱼的嘴是身体最宽的部分，嘴中的牙齿尖长而锐利，往往都是朝内长的，有些大个子的鮟鱇鱼甚至能吞下比它体型更大的鲨鱼。

还记得经典动画片《海底总动员》中的那一幕吗？尼莫与它的小伙伴，在光线幽暗的深海中看到一点亮光，在它们欢喜地靠近后，发现灯笼后出现了一张恐怖的利齿大嘴，这就是深海中的鮟鱇鱼（动不动躲在暗处吓人，难怪别名叫“海鬼鱼”）。

鮟鱇鱼的活动范围很广，从 10 多米的浅滩到 100 多米的深海，都有它的身影。只不过到了深海，它头上钓竿的饵料就从小虫子变成了一盏灯笼，专门吸引那些趋光的生物。几年前参观某深海生物展时，我注意到几千米的深海中，也有类似鮟鱇鱼的“钓鱼一族”。

其实鮟鱇鱼与鸡心螺一样，都是属于先天不足型。它的肌肉松弛，运动器官不发达，再加上身体笨重，游起泳来相当困难，只能栖息在海底，用手臂一样的胸鳍贴着海底爬行。因此只得设计一个陷阱，想办法让食物乖乖地自己送上门。

凡是有缺陷的生命，必有一招绝杀技，否则如何能在漫长的发展史中，开枝散叶进化出满满一大家族呢？

微不足道的豆丁海马

潜导游到一面海扇边上，用手轻轻地在海扇表面扇动，同时打起手电，在上面仔细寻找。

他在找什么呢？不急，答案稍后揭晓。

前些日子，我的好友小麦拍了一组稻花的照片。“稻花香里说丰年”，我们天天吃着稻米，或许也曾闻过稻花香，但是没人关心过，稻花究竟是什么样的。

拍摄：五年级七班 Sandyyou

在小麦的微距镜头下，我看见稻花的样子，像是一个被拉长的高脚杯，纤细而优雅，透过光线，有着晶莹剔透的质感。

都说距离产生美，原来这句话可以有两种理解，一种是远距离，一种是零距离。当事物回归到零距离，自有一番惊喜。

通过手电的光线，看到潜导每扇一下，海扇上的一粒粒小花便缩了回去，变成一个小凸起。突然，潜导像是找到了什么，激动地把我叫过去，指着一个小点让我看。

要不是事先做过功课，估计把鼻子贴上了都难看出究竟。

在海扇错综复杂的枝丫间，有一只仅几毫米的小海马。它用尾巴将身体固定在海扇上，红白相间的皮肤上布满了一粒粒凸起的花纹，几乎与这片海扇一模一样，要不是潜导好眼力，估计我花上半天也找不到。

它的学名是豆丁海马，常年居住在海扇上。海扇长什么样，它也长成什么样，是海洋界的伪装高手之一。依靠这瞒天过海的本事，这个只有几毫米大的小家伙就能在海洋江湖里繁衍生息。

拍摄：五年级七班 Sandyyou

虽然个头很小，但豆丁海马可是杂技高手。被我们骚扰得不耐烦了，它用尾巴将身体一甩，就如吊威亚般地潇洒飞出，身体在空中 360 度旋转几圈，把自己稳稳固定到海扇的另一端。

想要在海底看清豆丁海马，实在困难，还是装进相机，带回家慢慢研究，还有另一个惊喜在等我发现。我无意中拍到了一只大腹便便的海马爸爸（小海马是在爸爸的育儿袋里成长的）。豆丁海马虽小，也是五脏六腑俱全，比麻雀更胜一筹。

再来看看海鞭。海鞭是一种鞭状生长物，属于柳珊瑚科。在一根一米多长的海鞭上，自有一方小天地。

在海鞭上找生物是有诀窍的，拿着丁丁棒，在我目光所不及的角度，自上而下地轻轻扫一遍，寄居在上面的虾虎鱼就转移到了我这一侧。寄居在海鞭上的虾虎鱼，通常是成双成对的，一般只有几厘米左右的长度，身材纤长半身透明。小鱼肚子里的组织，通常呈现鲜红的色彩，美丽异常。

如此纤细的小生物，竟然会被占便宜，当然这在现场靠肉眼是发现不了的。

放大照片中的虾虎鱼，发现小家伙身体的一侧，整齐地排列着一队卵状组织，看起来怪异而多余。后来将照片贴上网大家讨论后才获悉，这是虾虎鱼身上的寄生虫。

世界之大，无奇不有，本来以为只有鲸鱼鲨鱼这样膘肥体壮的大块头才会被寄生虫顶上，没想到如此纤细瘦弱的小虾虎鱼，也会被“小人缠身”，白白被吃了软饭去。

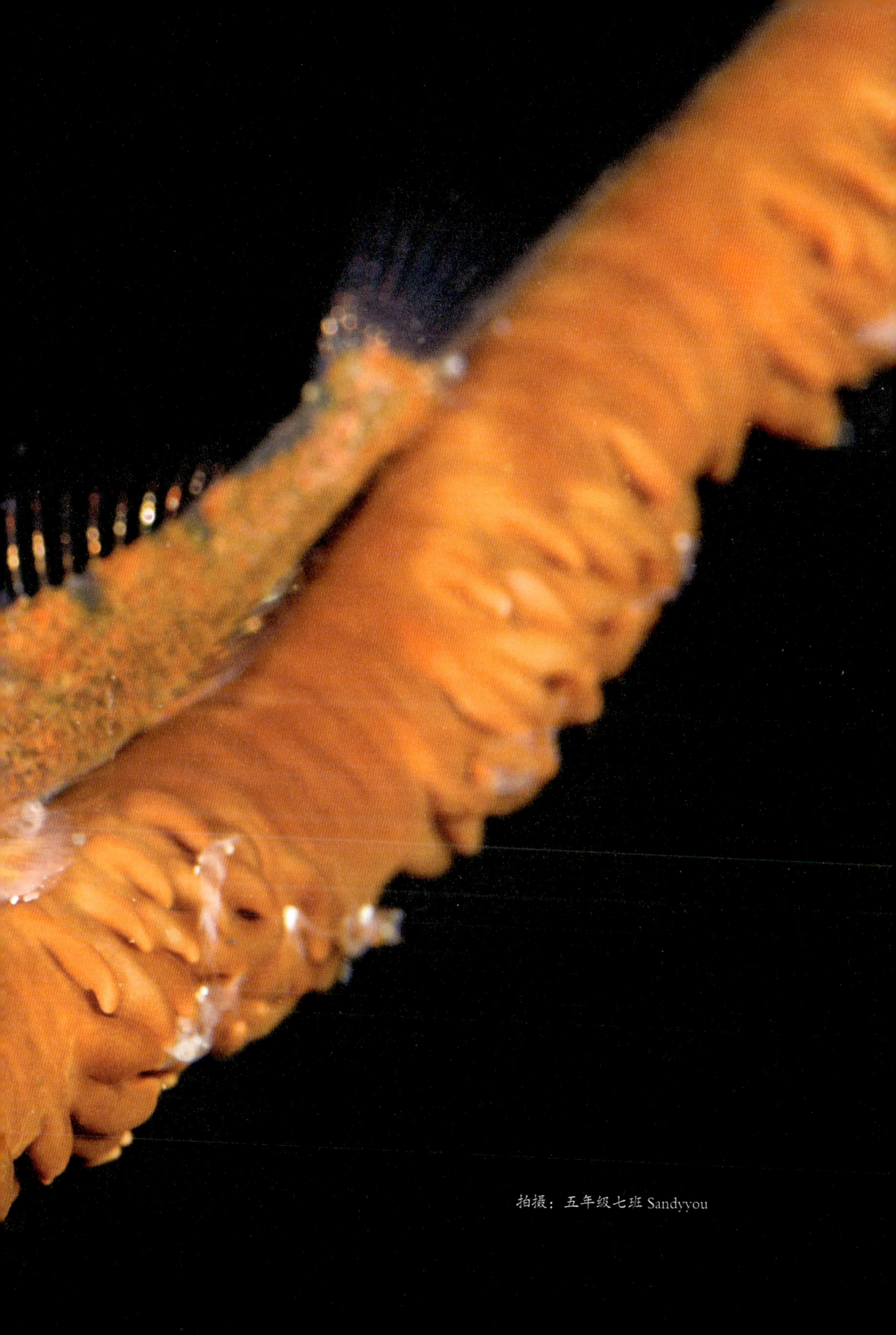

拍摄：五年级七班 Sandyyou

神秘湾里的小秘密

一片水下的戈壁滩，没有炫彩的珊瑚和五彩的小鱼，只有碎石子和难看的海草，灰黄色的海底一片寂静，似乎了无生机。

潜导脑子秀逗了？带我们来这不毛之“海”？

不要急，调整姿势，凑近了仔细琢磨，不用潜导的帮忙，自己就能找到许多神奇的小生物。通体柠檬黄、比筷子还细的小海鳗在海草中穿行，怪异的海草下密密麻麻聚着一堆撅屁股的小虾，一脸不高兴的左口鱼把自己藏进沙子只露出眼睛……

这是菲律宾阿尼洛的一个潜点，英文名字叫 Secret bay（神秘湾）。这一带并没有鲨鱼海狼之类的大家伙，但有着许多远超我想象的小生物，让我有潜到外星球的体验。有些人会选择找一个当地优秀的潜导，一一指点。但平时就喜欢玩“连连看”“找不同”的我，更喜欢亲自出马，玩一把现实版的考眼力游戏。

不过，海洋版的“找不同”，可比电脑版的难多了。

首先要解决的是中性浮力。要让自己像条鱼一样，什么都不做就能稳稳地悬浮在水中，不必担心上浮或者下沉。接下来将身体呈倒立的姿势，保证头朝下，身体远离海底。这样的姿势，可以确保自己在接近各种物体的同时，身体不触碰到它们，同时脚蹼不搅起海底的泥沙。若是在陆地，保持这种姿势一定会头昏脑涨，在水中则没有任何不适感。

但这对于初学者来说并不是件容易的事情。记得刚学会潜水时，我被潜伴嘲笑是海洋终结者，因为我就像排放超标的大卡车，一路游一路脚蹼踢起海底的沙尘，跟在我身后的潜伴能见度立刻降低 10 米。

有一回想拍一条小鱼，结果没办法控制好身体，眼睁睁地看着自己撞上了一株有毒的火珊瑚，手上立刻火烧火燎地肿起一大片，在水下看起来是深紫色，极恐怖。

所以，想要一窥神秘湾的小秘密，还是有点门槛的。当你的视线离海底一米以上时，可能什么都看不见，凑近 50 厘米，你能看到黄色的巴掌大小的狮子鱼，再凑近 20 厘米，能发现狮子鱼边上还有一只像果冻一样的海兔，继续观察片刻，或许还有一条小海龙。

这里的生物都很狡猾，身上的颜色几乎都是环境色。比如狮子鱼，一般都是红色或者黑色，只有这里的狮子鱼竟然是土黄色，还有各类小鱼都是这个色系。据说有些生物身上的颜色，来源于海草的色素。或许是神秘湾的一方水土养育了一群黄色系的生物吧。

这些小家伙胆子却不小。我在拍摄一只海兔时，注意到远处有一个小眼神贼溜溜地盯着我。一抬头，这对小眼睛就消失在一块石头后，原来是一只虾蛄在窥探我（海里的虾蛄比我们常吃的要漂亮很多，五彩斑斓的，很上镜）。我拿起相机对准它打算创作一番，没想到，通过镜头看到这小坏蛋纵身一跃，狠狠地蹦到我的镜头前，在上面弹了一下！要知道虾蛄的弹力是很大的，大一点的虾蛄能弹断成年人的手指，幸好它力气不够大，没有弹破我相机的潜水壳，不然我损失惨重。

一条只有10厘米左右的jawfish把嘴狠狠撑大（我差点就能看见它的早饭），企图吓跑我们。

这就是海洋里的小秘密，每次下潜都有不同的古灵精怪在等着我去发现，虽未设定输赢结局，但比考眼力的小游戏过瘾多了。

麒麟鱼的爱情华尔兹

“月上柳梢头，人约黄昏后。”这经典情境不仅仅属于人类，麒麟鱼也讲究“相约黄昏后”。这种华丽而敏感的小鱼儿，通常生活在东南亚一带3~10米深的鹿角珊瑚礁中，身长10厘米左右。每到黄昏时分，它们就会成双成对，翩然起舞，上演一幕幕爱情之舞。

麒麟鱼的英文名字很特别——Mandarin Fish，中文直译为满洲鱼。因为麒麟鱼身上的颜色浓郁而艳丽，最初的发现者不免将它与19世纪中国满清官员穿着的锦缎袍服联系在一起。

初次见到麒麟鱼是在菲律宾的著名潜点“妈妈拍丝瓜”（Malapasgua）。当时我学习潜水还不久，听说要在昏暗的环境中下水，心里有点打鼓，热心的潜导Martin向我介绍了麒麟鱼的神奇，并拍胸脯保证我的安全。于是，乘着金黄的落日余晖，我们往深海游去。

我们在一大片鹿角珊瑚丛边寻觅，昏暗中，看到有黑乎乎的小影子在飞快地闪动，偶尔它会停顿几秒钟。在Martin用手电灯光捕捉到它的瞬间，我被麒麟鱼大胆的配色惊到了。

它的身体呈橙红色，上面有着不规则的翠绿条纹，条纹两侧有孔雀蓝的勾边。似乎还嫌不够惊艳，到了脸部，这橙红渐渐变青绿，明黄与孔雀蓝条纹交错延展，再搭配荧光红的眼线，大胆挑战撞色，绝对完胜时尚界。

拍摄：五年级七班 Sandyyou

事后查资料才明白，为什么麒麟鱼身上的色彩如此妖魅，原来体内拥有蓝色素的动物只有两种，而麒麟鱼便是其中的一个幸运儿。当然了，世界上呈蓝色的鱼类还有很多，但它们的颜色来自于成堆的扁平细薄反射晶体形成的波形，而不是像麒麟鱼那样依靠一种细胞色素，才呈现如此明艳的蓝，与阳光般明丽的黄色、橙色搭配，才这般亮瞎眼。

在珊瑚丛中来回穿梭，只是爱情舞曲的前奏。如果求爱大计成功，雌麒麟鱼选中了心仪的另一半，就会主动向雄鱼游去，将双方的侧腹部紧贴一起。此时它们一改往日矜持做派，双双游到珊瑚礁上方翩然翻飞，然后慢慢往“空中”升去，公然炫耀着它们的爱情。然后，在合适的高度双双排出绵延子嗣的精华，完成传宗接代大计，整个过程不过短短十来秒。这个特别的场景往往是海底摄影师的最爱，有时候在海底趴上一个多小时，就是为了捕捉这一美妙瞬间。

据说在这花好月圆的时候，偶尔会有“男小三”从角落里冲上来，不顾一切地进行授精尝试。它们寄希望于浑水摸鱼，让别人的“老婆”也怀上自己的孩子。

为何要如此不择手段？据说麒麟鱼家族中，男多女少，求偶交配的竞争非常激烈。而麒麟鱼择偶的标准，并不是根据身上色彩是否艳丽，而是根据体型，块头大的男生往往备受女生的青睐。也是因为这个原因，雄鱼往往要比雌鱼大上好几圈，甚至接近一倍。

他们跳完爱之舞后，便双双回到珊瑚丛，消失在阴影中，这时天色已经完全黑了。我就如欣赏了一场精彩的华尔兹表演，心满意足地散场离去。

近年来，麒麟鱼因为美丽外表成了水族箱爱好者的宠儿。可是，这些生性挑剔的小生灵根本就不喜欢现成的食物，由于天生的觅食习惯无法被“复制”，生活在水族馆的麒麟鱼经常以“饿死”这种方式走向生命的终结。所以，请不要以爱的名义禁锢、圈养它们，请让它们在自然环境下健康地生活，快乐地舞蹈。

拍摄：潘迎久

Chapter 2

鲨与鲸

我是海洋霸主，却要上演一辈子的独角戏

这头不幸的雄鲸发出的声音不属于人类已经记录过的任何一群鲸，因此它的同伴们永远也接收不到它发出的声音，在大海中，它就像是个哑巴，注定要上演一辈子的独角戏。为此，某个乐团为这只鲸鱼写下一首歌，名为《52赫兹》，献给所有因为独特而孤单的人。

鲨鱼也害羞

作为一个潜龄近十年，潜过上百“支”（上百次下潜）的潜水爱好者，遇到最多的问题，大概就是：“遇到鲨鱼怕不怕？”

遇到鲨鱼其实是挺倒霉的，但它们这些年分明是一直在被人类迫害（被割鱼鳍）和娱乐（成为恐怖电影的主角）。问一问“度娘”就知道，世界上约有380种鲨鱼，有30种会主动攻击人，有7种可能会致人受伤。大白鲨攻击人是因为把人看成了海豹，其他鲨鱼袭人事件，多半是因为你误闯了它的地盘，或是你企图伤害它。

潜水员哪里会怕鲨鱼，分明是爱死了这个“水下杀手”——跋涉千里去菲律宾，清晨五点下水，就是为了看一眼优雅的长尾鲨，跨越半个地球跑到加拉帕哥斯，跳入摄氏22度的大海，就是为了邂逅模样古怪的锤头鲨。

海里最常见的鲨鱼是白鳍鲨，这家伙是夜行动物，白天多半都“躺”在沙地上睡觉，或者懒洋洋地慢慢游弋。虽然这些家伙个头和我们差不多，却害羞得很。每次当我小心翼翼地捧着相机靠近到十米范围内，这小样扭头就跑。于是乎，常见的场景多半是潜水员追着白鳍鲨拍照，而它却扭扭捏捏害羞得不得了，完全颠覆了我们印象中追着人乱咬的鲨鱼形象。

拍摄：衣萍

到了晚上，白鳍鲨就显露出海洋杀手威猛的一面，数年前在马尔代夫的一次夜潜就让我记忆犹新。它们一改白天的慢条斯理，露出了猎手真本色。昏暗中，珊瑚礁上鲨影穿梭追逐得飞快，将完美的流线型身形的优势发挥到了极致。鱼儿惊慌失措地躲进珊瑚礁，它便把脑袋塞进去尾巴狂甩一通乱咬，瞬间飞沙走石，看样子被它盯上的鱼儿也难逃它的尖牙血口。即便如此，潜水员也不用担心被误伤，看得出它依然躲着我们。

在南美的加拉帕哥斯群岛，我见到了最害羞的鲨鱼——锤头鲨。这家伙体型那么大（3~4 米），胆子却很小，气泡就能让它跑路。潜导曾特地叮嘱我们，每次当它靠近的时候，尽量慢慢吐气、轻手轻脚。刚开始，锤头鲨会游得离你非常近，一米甚至半米，你可以清清楚楚地看见它那只位于斧头脑袋顶端的小眼睛，还有身上的疤痕、咬痕，但在珊瑚礁旁停留几分钟后，锤头鲨就离我们越来越远，甚至不见了。

这不奇怪，锤头鲨斧头状的脑袋头部有左右两个突起。每个突起上各有一只眼睛和一个鼻孔，这样造成它的两只眼睛相距竟有一米之远。通过来回摇摆脑袋，可

拍摄：潘迎久

以看到周围360度范围内发生的情况。所以就算我们再小心，也逃不出它的视力范围。

我对鲨鱼的一次恐惧经历，来自数量的绝对悬殊。那天我离大部队有些远，发现身边有一群丝鲨，就习惯性地开始拍照。我拍呀拍，镜头转啊转，忽然发现我被一大群丝鲨团团包围了（事后从视频中看，起码有40~50头，它们围着我慢慢打转）。我身边没有潜友，孤零零的一个人，突然间，我感觉到一阵恐惧，我是不是已经成了它们的猎物？我第一次对鲨鱼产生了这种感觉。

幸好，只是虚惊一场。

跑调的雄鲸打光棍

对座头鲸的最初印象，不是来自视觉系统，而是从听觉开始。那是2011年夏天的一个奇妙瞬间，我好像一块木板静静地漂浮在南太平洋的海面，遥望着那个离我20米远的模糊影子，忽然一种奇怪的声音传入耳中："咦啊……咦啊……嘎……格叽格叽……"乍听起来有一点点像牛叫。

没错，我听到的就是传说中的鲸鱼之歌。这是雄鲸给雌鲸发出的信号，表示这里有一位雄壮的boy在渴望一次浪漫邂逅："美丽的姑娘，你快来吧！"

这声音带着极强的冲击力，即使隔着如此远的距离，我依然能感受到那声浪的力量。我聆听着鲸鱼的歌声，轻松地趴在海面，不由得感慨：原来看鲸还能如此宁静惬意。

我的观鲸船船长Pual来自美国，他与研究鲸鱼的妻子在汤加已经生活了八年，有丰富的观鲸经验，对座头鲸的生活习性有较为深入的了解。

每年的8~10月，座头鲸会来到温暖的汤加海域，这里成为座头鲸的交友俱乐部。在茫茫大海中凭借运气邂逅另一半就像大海捞针，因此，雄鲸需要一些自我宣传的技巧——鲸之歌。

Pual告诉我，只有雄鲸会唱歌。每年汤加的座头鲸唱的都是同一首歌，那旋律如交响乐般分为三个乐章，先是激昂地呈示，再是抒情地展开，最后的副歌如声声呼唤，一声响似一声。它们还讲究创新和传承，第二年它们会

拍摄：五年级七班 Sandyyou

在老歌中增加一些新的元素，创作出一首新的“流行乐”。

为了扩大自己的影响力，早日抱得美人归，雄鲸唱歌时都很卖力，我们不能靠唱歌的雄鲸太近，因为分贝过高，会震破我的耳膜。

但是，你有没有想过，若是一头雄鲸唱歌跑调，会有怎样的严重后果？

多年前，在太平洋北部的海域里，当海洋生物学家在分析美国海军跟踪潜艇的纪录时，意外捕获到一段低沉、重复的鲸鱼歌声。

科学家开始追踪这只唱歌的须鲸。在追踪它十二年之后，人们发现它平均每天旅行 47 公里，却没有目的地。它的行踪毫无头绪，或东或西，或南或北。它像个孤独的行者，从不留恋某处，也从不长期驻足某地。这么多年来，它没有家庭，没有朋友，也不属于任何家族，始终保持着完美的孤独状态，独自闷头在海里游来游去。

拍摄：五年级七班 Sandyyou

后来，科学家终于找出了这头鲸打光棍的原因。原因很简单，虽然它一直不停地在海中唱歌，但是它的歌声严重跑调。鲸类相互联系的频率一般是 15~20 赫兹，而它的频率是 52 赫兹（50~52 赫兹的频率类似男低音的最低声部）。

在人类已有的记录里，这头不幸的雄鲸发出的声音不属于任何一群鲸，因此它的同伴们永远也接收不到它的声音，在大海中，它就像是个哑巴，注定要上演一辈子的独角戏。为此，某个乐团为这只鲸鱼写下一首歌，名为《52 赫兹》，献给所有因为独特而孤单的人。

有趣的是，科学家发现这头鲸歌声的频率是和海豚一样的，希望未来它有机会收获一段跨种族之恋。

原来在鲸的世界里，唱歌跑调的后果是如此严重，身为人类也一样唱歌跑调却抱得美人归的男青年，看到这里是不是会深感庆幸呢？

大胃王的大智慧

座头鲸从深海慢慢浮至水面，它的轮廓逐渐变得清晰。黑色背鳍、头部、尾巴从深蓝中显现出来，我终于可以看清它的全貌了。这是一条10余米长的雄鲸，流线型壮硕的身材，和照片中的看起来一样，但亲眼看到的那一瞬，依然是令我震撼的——它轻轻地在水中一摆身体，海面就凭空浮起一座小山。

每次与座头鲸的相遇，除了感叹造物主的大手笔——地球上竟然有如此巨型的生物，我还免不了担心：这个大块头，光靠吃小鱼小虾怎么能填饱肚子？

答案就在它神奇的便便里，并且，我还曾经见过。

某一次座头鲸离去后，它在水中留下了好多块状物。这些块状物沐浴着南太平洋的阳光，在蓝色的海水中飘飘荡荡，呈现出美丽的金黄色。之前看过攻略，知道这是鲸鱼的便便，不过这个便便却如此美丽，一点也不令人恶心，我停下来好奇地打量了一番。

座头鲸特地游到水面来便便，这可不是巧合，而是这种大块头实现生存循环的重要一环，估计每个鲸妈妈都会教自己的宝宝："为了我们民族的繁衍生息，千万不要在深海便便。"就如若干年前中国的农民提倡"肥水不流外人田"一样。

座头鲸等其他鲸类的食物，以磷虾为主食，而磷虾的生长繁殖离不开铁。

德国海洋生态学家维克多·斯莫塔希克认为，鲸在海中巡游时吃掉了大量的磷虾，通过消化之后，它们会将其食物浓缩为富含铁的物质，然后悠悠地排入大海。后来，另一位海洋生物学家史蒂芬妮·尼克按照斯莫塔希克的论文进行研究，她发现："鲸类的便便中含有大量的铁。"

铁含量高多少？数字绝对吓你一跳！鲸类便便中铁的含量比附近海域海水的铁含量高出1000万倍！

这让我对这些大块头刮目相看。它们每次把富含铁质的便便排泄到有阳光的海面，用这些营养哺育出大量微生物，然后被磷虾吃掉，接着繁衍出更多的磷虾，也就是创造出更多、更大份鲸的美食。简单地说，它们用自己便便的完美循环，来养活自己。斯莫塔希克在论文里对这种行为给出了一个优雅的说法——鲸类多余养分的"追肥机制"。

这个习惯不仅存在吃微生物的鲸鱼身上，还存在能潜入海底几千米的超级潜水能手抹香鲸身上，比如大乌贼，会在深海捕食富含铁的猎物，它们在海底吃进铁，带着它游上水面，在那儿便便。据说每头抹香鲸每年会将50吨铁带到海面。

所以，鲸类不用担心像恐龙那样，由于数量增加导致食物短缺最后走向灭绝之路，因为它们完全实现了自给自足的良性循环。

它们甚至还有余力帮助地球，澳洲的科学家还发现，鲸的便便能让南大洋吸收更多的二氧化碳，协助人类对抗全球变暖。

我们的科学家从大自然学到不少科学知识，如蝙蝠的雷达、海豚的声呐、蜘蛛的蛛丝等，这些都已为人类所用。或许，我们还可以从鲸的身上，学一学生存之道——造物主其实对待每个生物都很公平，只是鲸悟通了索取与给予的大智慧。

鲨鱼兄，来吃饭

陆毅和潜导在喂鲨点等候，在壮硕牛鲨流着口水出现的一瞬间，昔日英俊潇洒的陆帅哥瞬间惊慌失措，手脚并用地想跑路。幸好潜导一把拽住了他，稳定了陆帅哥的情绪。

陆帅哥为了拍摄《爸爸去哪儿2》的大电影，也是蛮拼的，虽然是个潜水菜鸟，也敢在斐济玩鲨鱼潜。不过在屏幕前的我，却是偷笑了，原来我还有比陆帅哥强大的地方。

潜水、看喂鲨鱼，是斐济非常著名的一个旅游项目，是潜水者必玩的项目之一，若干年前，我曾经去体验过。潜水员躲在礁石后成一排，一个喂食者在我们四五米远处，提着一大桶鱼头，一个一个地送进鲨鱼的大嘴。

想要与这些海底杀手来次亲密接触，就要遵守诸多注意事项：切忌头抬得太高，切忌手举高拍照（鲨鱼会误会你要喂食），切忌四处乱跑，当然，抚摸鲨鱼也在禁止的范围内。如果虎鲨出现，潜导就会狂敲气瓶，不是提醒我看，而是要我低下头，千万小心别被虎鲨撞到。因为虎鲨的力气很大，游动的路线又不规则，万一和我来个“追尾”，那就麻烦大了。

场面极为壮观，铺天盖地的鱼群围绕着食物，几十条牛鲨，密密匝匝地在眼前来回穿梭，一时间不知道看哪条好。左边两米处刚游过一条牛鲨，猛一抬眼，另一硕大的身影刚好擦着你头顶掠过。把视线收回来，右上方，牛鲨正张开血盆大口，一口吞下硕大鱼头……这种级别的场景，以往只在梦中出现，如今就在眼前上演，仍似在梦中！

牛鲨呈银亮的黑灰色，线条流畅漂亮，比以往常见的白鳍鲨要肥硕很多，个头更要大上一圈，但这丝毫不影响它的捕猎，一转身，一甩尾，优雅而迅捷。

这还只是前奏。突然间，另一位喂鲨者在牛鲨群上方打开了一个大桶，无数鱼头空降到牛鲨中间（你可以自己脑补一下这个情形，就好像在肚子饿时空中突然落下来无数个汉堡那么幸福），众牛鲨如同被打了一针兴奋剂，齐齐地往一个方向冲去，海水瞬间浑浊了不少。

不必担心安全问题，负责喂食的潜水员手上，带着一副铁手套，避免在喂食的瞬间被鲨鱼的牙齿划伤。潜导的手中拿着一只硕大的手杖，是拿来驱赶鲨鱼的。当鲨鱼游到潜水员所在的区域时，潜导就用手杖来驱赶鲨鱼，保护我们，也保护他自己。

看鲨鱼吃饭，虽然刺激有趣，但海底喂食这种行为，一直是极具争议的话题。反对者认为这样违反了动物的天性，也会间接地破坏生态圈（这群牛鲨可能会常年生活在此，就等着每天几顿免费的午餐，野性和生存能力下降。甚至会因此减少对人类的恐惧感，使自己未来易受攻击）；支持者认为有些环保组织过于矫情，没有充分考虑当地情况。

时至今日，用海底喂食来招揽游客这一现象仍普遍存在，在南非可以看喂食大白鲨，在菲律宾也有同样刺激的项目——喂食鲸鲨，其他国家的旅游景点，在海底喂食小鱼等情况更是常见。

拍摄：胖头鱼

与海里最大的鱼儿同游

鲸鲨有多大？先说说我与它的初次相遇吧。

潜导带着我在水面屏息等待，慢慢地，水中的黑白斑点越来越清晰，一条鲸鲨正从我们正下方慢慢上浮。以往在图片上见过多次的庞然大物逐渐清晰，开始我还能看清鲸鲨的整个轮廓，宽大的头部，细长的身体，好像是条放大版的鲶鱼。但很快，我的视线就被鲸鲨身上的黑白斑点填满了，离得太近，就像瞎子摸象一样，我永远只能观察到它的一个局部。

这一刻，让我见识到了造物主的神奇。潜导带着我奋力追赶鲸鲨的步伐，水花成直线状从眼前飞过，但这些都是徒劳，鲸鲨轻轻一甩尾巴，便把我们抛在了身后。

回到船上，我跳着脚紧紧握着潜导的手，连说了十个“Thank you”，同去的潜友就好像中了邪，这一天会时不时地突然来上一句：“哇！我看到鲸鲨了，那么那么大！”

那是在菲律宾一个叫 Donsol 的渔村，每年从春节开始到五月底，这里便会游客爆棚，全球的潜友千辛万苦赶到这里，只为与鲸鲨同游。

鲸鲨是海洋中最大的鱼类，通常体长在 10 米左右，最大个体体长达 20 米，体重 10~15 吨，为鱼类之冠。出人意料的是，虽然这个鱼王是鲨鱼家族的一员，有着一张几米宽的大嘴，但只吃小虾米和微生物。它成天张着黑洞

拍摄：潘迎久

拍摄：潘迎久

洞的大嘴，大口吞水过滤食物。

鲸鲨的足迹遍布全球，Donsol 是全球观摩鲸鲨性价比最高的地点。但这里只能浮潜看鲸鲨，不能采用水肺的方式。

2014 年 8 月，我在南美加拉帕哥斯的海域又一次偶遇鲸鲨，这次是水肺潜水，角度不同，惊喜依旧。

“叮叮叮叮！”潜导一边疯狂地敲着气瓶，一边飞快往深海游去。还没等我游到潜导身边，就看到水中隐约出现了一张黑白斑点的大嘴，接着我看见了它的整个身体，一条怀孕的鲸鲨华丽丽地出现了，就好像开过来一大艘潜水艇，紧跟在它身边的几十头锤头鲨（也有 3~4 米长），对比之下，简直就好像小虫子在扭呀扭。

它悄无声息地从一片深蓝中探出脑袋，又甩甩尾巴消失在茫茫大海中，只留下目瞪口呆、心跳加速的我们。这条鲸鲨，比东南亚的鲸鲨要庞大许多，潜导估计，起码有 14 米长。

可是，鲸鲨留给我的回忆并不都是美好的，其中还掺杂了杀戮和泪水。

数年前，我们在菲律宾海域，发现一处浅滩上搁浅了一条小鲸鲨，看样子是已经死了。登上岸后获悉，这条小鲸鲨身上的鱼翅都已被割完，触目惊心的伤口背后，还有一个伤心的故事。

几天前，数位潜水员发现了这条奄奄一息的鲸鲨被海水冲到了岸边浅滩。因为失去了鱼翅，就好比人类失去了手脚，它失去了行动力无法再捕食，只能等死。潜水员不忍让这条鲸鲨再受折磨，于是叫来了当地的渔民，把鲸鲨推上岸，狠狠心给它一个快速了断。

鲸鲨的鱼翅叫天九翅，是最顶级的鱼翅，这就是这条只有两岁不到小鲸鲨惨遭杀手的原因。在此，我想再次提醒大家：没有消费就没有杀戮，千万别做间接凶手。

拍摄：凤凰涅槃

Chapter 3

海底共生_我是海洋界的小屌丝，却实现了华丽丽的逆袭

“因为你是我的眼，让我看见这世界就在我眼前。”如果枪虾会唱歌，我想它一定会点一首《你是我的眼》，拿起话筒深情款款地唱给它的“同居密友”虾虎鱼听。因为，虾虎鱼就是“瞎子”枪虾的眼。

你是我的眼

“因为你是我的眼，让我看见这世界就在我眼前。”如果枪虾会唱歌，我想它一定会点一首《你是我的眼》，拿起话筒深情款款地唱给它的“同居密友”虾虎鱼听。

因为，虾虎鱼就是“瞎子”枪虾的眼。

这对古怪的同居好友，在东南亚一带珊瑚礁附近的浅海砂石海底经常可以被见到。每次发现它们的踪迹时，往往只能看到虾虎鱼守在洞口，如果眼睛尖一点，还可以看见枪虾飞快缩回洞内的场景。

稍候片刻，虾虎鱼经过仔细观察，确认没有危险，就慢慢游出洞外，斟酌片刻后，它放出安全信号，枪虾便小心翼翼地用两只大螯把一堆沙粒推出洞口。敬业的枪虾对洞外的风景并不感兴趣，完成任务后，就匆匆退回洞内继续干活。不少枪虾都长有一只有身体一半长的“巨螯”，似乎专为劳动而生。

在它跑出洞口的瞬间，会把自己的虾须搭在虾虎鱼的身上，此时若有风吹草动，虾虎鱼会摆动尾鳍发出警告，枪虾就迅速溜回大本营。而且虾虎鱼非常够意思，每次都让枪虾先跑路，自己殿后。

如此往复，枪虾卖苦力确保家中的舒适宽敞，虾虎鱼保证枪虾的安全，两种生物愉快地同住在一个屋檐下，成了海底互利共生的奇观之一。为了能更好地服务对方，有些虾虎鱼还会给枪虾提供食物。

拍摄：五年级七班 Sandyyou

这种互利共生的关系给了作家灵感，日本著名的推理小说家东野圭吾在其名作《白夜行》中，就把男女主人公雪穗和亮司的关系比喻成虾虎鱼与枪虾。雪穗永远在明处光鲜地活着，亮司一直躲在暗处为雪穗扫清一切通往成功道路上的障碍，就如同枪虾永远躲在黑洞洞的巢穴内一般。

在豆瓣网上，有不少网友就这种关系写了长篇评论，有人说“枪虾和虾虎鱼都是好同志”，还有人煽情地写下标题“枪虾一定会在虾虎鱼旁边”。

不过，在我看来，虾虎鱼与枪虾比雪穗和亮司幸福多了，雪穗和亮司“只希望能手牵手在太阳下散步”，两人一直苦守着一份地下恋情，而虾虎鱼与枪虾却是正大光明地“同居”，根本无须顾忌外界的目光，包括我们潜水员的。

虾虎鱼与枪虾不仅仅生活在一起，而且还好穿“情侣装”。黄色虾虎鱼身边的枪虾，通常身上有黄白红相间的条纹，若是黑白条纹的虾虎鱼，就会有黑白斑点的枪虾相伴，总之，一看身上的颜色，就知道它们是一家人。

虽然深居简出，但不少枪虾身上的颜色非常艳丽。有一次我趴在它们的洞口，等到了一只通体柠檬黄的枪虾，美得不得了，给了我一个大大的惊喜。

枪虾长得那么好看，虾虎鱼也不能拖后腿。在印度尼西亚的达拉湾海域，生活着一种纯黑的虾虎鱼。它的身上有一个长长的黑鳍，能像孔雀一样“啪”地开屏，是水摄爱好者不可错过的镜头。不过拍虾虎鱼实在是个挑战，只要稍微靠近一点，或动作粗放一分，它就溜回家中了，要知道，枪虾随时等着它呢。唉，幸福的家伙！

老大，让我搭个车

在大蓝水中做五米三分钟安全停留时（返回水面之前减少水压对身体影响的一种行为），一条鲶鱼般的小鱼，一直在我身边来回徘徊。我好奇地对着它拍了又拍，它却没有被吓跑，反而越靠越近。

原来，这个小家伙就是传说中的搭车鱼——鮣鱼。鮣鱼通常长30~90厘米，它们的脑袋顶部有一个卵圆形的吸盘，远看像个宽大的搓衣板。吸盘分左右两个部分，每一边都有22到24对排列整齐的软骨板，周边有一圈薄而有弹性的皮膜。如此精妙的设计，就是为了搭便车。

每当海底的大家伙如白鳍鲨、鲸鲨、海龟等生物路过鮣鱼身边时，它们就飞快靠近，用头部贴近理想中的“便车”。在贴近目标身体的刹那，将皮膜和软骨板竖起，同时瞬间将吸盘中的水挤出。于是，吸盘中成为一个真空的状态，鮣鱼“搭”上了免费的顺风车。

这聪明的“小家伙”，在海底经常能见到。在鲨鱼的肚子底下，海龟的背上，甚至轮船的侧面，我都能看到数条鮣鱼如“炮弹”一般吸附着。想来文章开头提到的那条鮣鱼，可能把我也当成了一条大鱼，想来占点便宜。潜友老王吨位比较大，曾经就潜着潜着觉得身上有些异样，一摸大腿，发现一条鮣鱼已经牢牢地趴在上面。

鮣鱼为什么要这样干？据说鮣鱼游泳技术不太好，而它们又有一个很时

拍摄：潘迎久

髦的理想——“周游世界”，于是它们就“聪明”地进化出了这一技能。它们从不为自己的旅途设定路线，跟着大鱼的脚步四海为家。它们跟着顺风车一路行走，每到一个食物丰富的地方就会留下来小住几日。

而粘在大型生物的身边时，它们获得的小恩小惠也不少。这些“大家伙”吃饭时，难免会漏出一些食物残渣，鲫鱼一路上就靠这免费的午餐也不用担心挨饿。而且，最危险的地方就是最安全的地方，它们依附在大块头的身边，几乎不用再为安全发愁。

简直逆天了有没有？就像“懒惰”的人不想走路发明了汽车，不想卖苦力的人发明了蒸汽动力，同样“懒惰”的鲫鱼凭借着头顶的“高科技”装置，一路免费搭车，免费吃喝，还能享受免费的安保服务。

其实，鲫鱼并不懒，只是善于发现机会，抓住机会。它们留在鲨鱼身边，不仅是靠头顶的吸盘。而且一路上，鲫鱼还要鞍前马后地帮助鲨鱼清除身上的寄生虫，甚至连口腔卫生都要帮助清洁，它们靠殷勤的服务稳定了自己的江湖地位。

这很值得我们学习是不是？据说，企业创业盈利八种模式之一就叫鲫鱼模式。对于大多人来说，这个词可能有些陌生，鲫鱼模式运用到实际操作中，叫“贴牌”或者“代理”。

借鉴鲫鱼模式最成功的企业，就是大名鼎鼎的深圳华为。在创业之初，华为依附着行业大鳄中国电信，为运营商提供光网络、固定网、移动网和增值业务领域的网络解决方案。凭借着电信垄断的优势，华为这条“小鲫鱼”销售猛增，早在2001年时销售额就达到了225亿元，成了行业内的“巨鲸”。

开头提到的那条小鲫鱼，打量了我半天，睿智地判断出我不是一条大鱼，最终放弃了一次来杭州西湖游玩的大好机会。

螃蟹、海葵一家亲

一群黑白相间的巴厘岛天使，在一只魔鬼海胆锋利的尖刺中游弋，它们似乎根本不怕被海胆黑红渐变的毒刺所伤害，反而小心地，尽量把自己的活动控制在海胆尖刺的范围内。原来，巴厘岛天使是把家安在了这枚海胆身上。

我小心上前，拿出相机，找好角度调好光线，还没拍上几张，这枚海胆突然自己伸出腿，啪叽啪叽地跑了！

这是什么情况？立刻追赶！等我看清楚了，才发现这不是什么生物变异事件，也不是发现了潜藏于海底的外星人，不过就是这枚海胆把家安在了一只螃蟹的背上。

于是，螃蟹多了一件绚丽的“软猬甲”，海胆可以享受飞毛腿交通，巴厘岛天使则为自己找了一个相当锋利的掩体。

什么叫和谐？这就是和谐！

巴厘岛天使是一种几厘米长的小鱼，学名考氏鳍竺鲷，也叫泗水玫瑰。它有着珠光璀璨的外表，身上的鳍夸张而延展，是水族箱人士的宠儿。这个“天使”素来喜欢与魔鬼海胆混在一起，在“魔鬼”的庇佑下开枝散叶，养育出自己的下一代，但巴厘岛天使、魔鬼海胆同时与蟹共生，这种景象我还是第一次看到。

蟹的硬壳显然是海洋生物可移动的安乐窝，在有些蟹的身上，这壳还是海葵的家。

拍摄：puma

只有几厘米长的拳击蟹在珊瑚礁中游走，它长着一张红白相间的俏脸，一对蟹钳子的顶端，长着两大蓬绒球状的物体，拳击蟹也因此而得名。看到我在靠近，它“张牙舞爪”地挥舞着两团绒球向我示威，看起来就好像是海洋界的篮球啦啦队队长，因此拳击蟹的另一花名就是“啦啦队蟹”。

奇异的是，这两蓬“毛球”并非拳击蟹蟹钳上的绒毛，而是两颗寄生在蟹钳顶端的海葵。这类海葵喜欢把身体固定到拳击蟹的螯足上，借着拳击蟹的走动在海中游动，既能享受观光专车的服务，又有机会获取更多的食物。

天下没有免费的午餐，这专车也不是白坐的。当遇到猎物时，拳击蟹便会挥舞起这对花蟹钳，海葵在合适的时机就会放出毒刺来刺晕对方，然后大家将猎物分而食之，配合默契，两厢欢喜。

这对小小的海葵，成了拳击蟹的保护神。当遇到危险时，拳击蟹往往求助于海葵的帮助，依靠海葵的毒刺来击退或者吓跑对方的攻击。拳击蟹是如此依赖着海葵毒刺的庇佑，甚至在它褪去旧衣换上新壳时，会想方设法把海葵移植到自己的新装备上。

我还在菲律宾见过一只非常怪异的蟹，要不是它飞快地乱跑，再加上那标志性的八条腿和两粒小眼，我很难从珊瑚礁中辨认出它来。事后拿出照片细细研究，才发现这种螃蟹的背上生活着四五颗海葵，真是太考验眼力了。

传说湖蟹的身体里，藏着落荒而逃的“法海和尚”，而海里螃蟹的身上，却住着海胆、海葵甚至更多稀奇古怪的生物，它们和谐共处，俨然一家人。

尼莫急了也咬人

我举着相机，凑到那条漂亮的尼莫面前，想给它和它的海葵小家拍张合影。显然我的举动吓到了它，它跑进海葵中左藏右躲，我紧追不舍。终于，我惹毛了它。它鼓起勇气，冲到我的左手上，狠狠地（其实很温柔）咬了一口，留下一个浅浅的、椭圆形的美丽小伤口。

有点意外，原来温顺的尼莫和兔子一样，急了都会咬人。

潜导在边上注意到我们的“搏斗”，悄悄地把我拉到海葵的另一侧，指了一小团像脏抹布的物体给我看，同时拿起写字板，在上面写下“Nemo egg（尼莫卵）”几个字。

难怪刚刚那条尼莫那么疯狂，原来它的下一代正在茁壮成长中，为了保护宝宝的安全，当父母的勇气开始倍增。

仔细观察那一小团“抹布”，原来是一块石头上面布满了一粒粒芝麻大的小卵。每个卵中依稀可见一对对亮晶晶的小眼睛，过不了几天，卵会变得更加清晰透明，这些小眼睛也会长大。

至于刚才那条尼莫，在反复确认我们不会对它的宝宝构成威胁后，也不再对我发起攻击了，只是在一旁静静守候。

尼莫或许是大家最熟悉的海洋明星，十多年前的一部好莱坞动画大片《海底总动员》里面的主人公就是几条可爱的尼莫。因为他们脸上通常会有一到两道白色条纹，好似京剧中的丑角，所以又得名“小丑鱼”。

要找到尼莫很容易，有海葵的地方就能看见它们，因为海葵就是它们的家。

海葵是海洋中有毒的物种，从基因编码上看，海葵属于动物和植物的混合种。它隐藏着无数刺细胞，刺细胞中含有带倒刺的刺丝。一旦瞄准目标，这些刺丝立即会刺向对手，并注入“海葵毒素”。海葵完成毒素发射只需 0.02 秒，可谓猛而准。可怜的猎物被刺中后立刻麻痹，被海葵触手送入口中。

温顺而娇嫩的尼莫，却选择把海葵这个老毒物当作自己的家，不仅活动范围就在海葵周围，而且一遇到风吹草动就躲入海葵的怀抱。因为尼莫不怕海葵的毒素，反而可以利用海葵的毒素保护自己，甚至可以利用这个毒性巧妙地获得食物。当然，尼莫也给海葵带来不少好处，很多想打尼莫坏主意的鱼儿，最后都成了海葵的美食。

尼莫的家庭观念很强，通常一户人家以一个海葵为居所，通过个头，大概可以猜出谁是父母，谁是小孩。

游弋在海葵间的橘红色尼莫也是我们潜水圈的宠儿。虽然它们很常见，但每次见到仍然会忍不住拿起相机创作一番。只不过，平时它们非常温顺与害羞，最多就是在海葵间与我们玩躲猫猫，哪里想到也会有文中开头那种“凶猛”的做派。

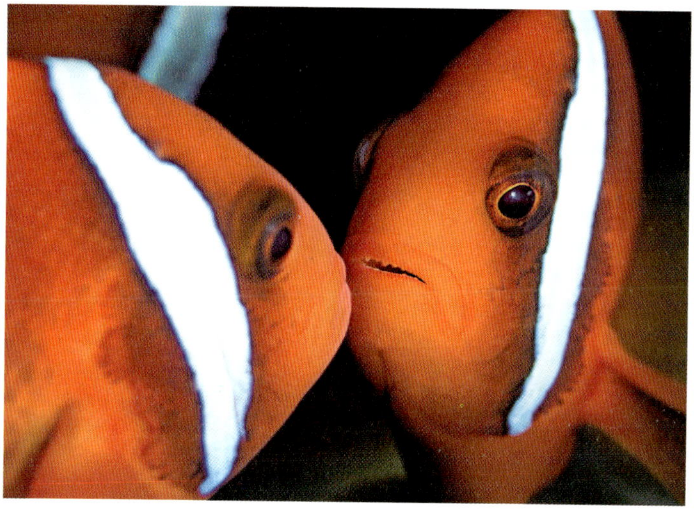

拍摄：五年级七班 Sandyyou

一位海洋摄影师告诉我，其实当时我只要稍候片刻，就能见到非常温情的一幕。它们会游到卵的上方，用嘴温柔“亲吻”每一个宝贝，然后侧过身子，用左右两片小鳍在卵上方来回扇，是为了带去更多的氧气，让自己的宝宝茁壮成长。

《海底总动员》中，胆小的尼莫爸爸离开海葵之家去找自己的儿子，让我觉得它勇气可嘉，其实现实中的尼莫爸爸更勇敢，敢于攻击比它体型大上无数倍的我。回头再想想那个椭圆型小伤口，还真是个蛮温暖的小印记。

虾医生与鱼大夫

潜导游到一只红白相间的小虾边，从嘴中取出呼吸头，张开嘴凑近小虾。小虾并没有被吓跑，而是纵身一跃，游进潜导的嘴中，用两只“大钳”耀武扬威地在潜导牙缝中舞动。这是海底的“虾医生”——清洁虾。

大鱼吃小鱼，小鱼吃虾米，作为生物链中最弱的一环，清洁虾用一对细长的钳子帮大鱼解决口腔问题、吃掉身上的寄生虫、藻类、清除腐烂死皮，打好服务牌，得以混得风生水起。动物学家给这种特殊的生态联系还起了一个挺好听的名称，叫“清洁性共生”。

除了清洁虾外，还有50多种鱼也投身于海底服务业，最常见的要数裂唇鱼。这种鱼娇小玲珑，体长仅6~10厘米，嘴长、唇厚、齿尖而利。它们也为海底鱼类提供除寄生虫、去死皮等一条龙服务，深得海洋鱼类的喜爱。我经常看到它们在海底大鱼身上用嘴一点点啄咬，大鱼甚至会张开腮盖，让裂唇鱼游进去清洁，就好像我们乖乖躺着，让牙医用尖锐的金属转头在口腔内工作一般。

传统的理发店门口，都会挂一个红白相间有时还带点蓝色的斜条纹转灯。红白转灯传自西方，据说以前理发师兼任医生，为客人（病人）采用放血疗法。放血时，病患需要抓紧白色的绷带条，加快血液流速，最后绷带条还会用来清理病人的血液。而用脏的绷带在清洗之后，就会挂在店外晾晒。这就是红白柱的雏形。

拍摄：笨笨璟

撇开这些寓意，红白两色相间非常醒目，单从视觉效果而言，就是非常好的标识物。如有雷同，实属巧合，清洁虾也偏好于红白标识。

清洁虾最常见的一种是通体土黄，背部有两道宽宽的红线，红线中间还有一道醒目的白线，另一种清洁虾索性就长成红白相间，钳子上还夹着几道蓝色。裂唇鱼也不甘落后，它们身上往往是黑蓝或者黑黄宽条纹相间。

这些聪明的海底生物就像我们马路上的清洁工穿了橙黄马甲似的，目的就是一个，用最鲜艳的颜色来提升自己的存在感，让“客户”老远就能发现自己（不用担心被吃掉真是好幸福）。

清洁虾与裂唇鱼长得虽然不起眼，但是对海洋生物改善生活品质，提升幸福指数，起了很大的作用（仔细想想也是，鱼类都没有一双灵巧的手，连挠个背都困难）。它们生活的地方，往往叫清洁站，大鱼们会慕名而来。连我们潜水员，都能托它们的福，跑到边上守着，期待着能与庞然大物碰面。

在印尼巴厘岛的清洁站潜点，manta（蝠鲼）会列队前来，它们主动游到清洁服务区慢慢排队，等待享受“洗剪吹”服务，完全忽视了珊瑚礁后虎视眈眈的我们，甚至对我们的靠近也不予理会。

科学家曾经做过实验，把清洁虾和清洁鱼从一处珊瑚礁搬离。一段时间后，这里生活的鱼数量大大减少，即便是有剩下的鱼，身上不是长满了白绒病斑，就是肿胀生疮。

投身于“服务业”的小鱼小虾，是海洋底层生物成功逆袭的典范，它们的工作不仅解决了自身的温饱问题，还能安全地游走在鲨鱼、manta、海鳗这些海底大型生物的身边甚至贴近它们更私密的部位，华丽丽地混迹于海底“上流社会”，果然是爱拼才会赢啊！

海底也有间谍

一群海豚在镜头前优雅游动，一只海豚在镜头前表演了吐泡泡的绝技，一位海豚妈妈甚至在镜头前展示了仅出生五天的宝宝。这是一部由 BBC 投资拍摄于 2014 年年初上映的以海豚为主题的纪录片——《卧底海豚帮》。

要是没有尝试过近距离拍摄海豚，我不会意识到要拍摄到这样的镜头有多难，多珍贵。

对于潜水员来说，海豚算是经常见到的生物之一，它们是海洋界的独孤求败，最喜欢追逐快艇和小船，比试一下谁的游泳技巧更高超。不过想要给它们拍上一个近距离的镜头，只能全凭运气。

我与海豚最近距离的一次接触，是在 Galapagos。那天午后，在我们潜水船周围的海域，好多个海豚的背鳍在水面翻腾，再看前方、左右，到处都能发现海豚。茫茫一海域，初步目测起码有上百头，我们简直是被海豚包围了。

带上摄影装备，登上小艇出发追海豚去！

与其说是追海豚，不如说是被海豚追。出海没多久，正当我疑惑海豚跑去哪里时，往船头下一看，几个灰白的身影迎着水流游得正欢，原来是一群海豚正和我们赛跑。立刻心跳加速，多难得的拍摄机会，海豚可以说近在咫尺。

我们先尝试把水下高清摄像机放进水中拍摄，没料到因为快艇运行造成的巨大冲击力，差点把摄像机给冲跑。我们只好改成趴在船头，把拍摄杆放到最长，尝试着把 Gopro（一种小型的鱼眼广角摄像机）放到水下拍摄。没

《卧底海豚帮》剧照

想到船头剧烈地颠簸，我无法长时间将镜头放在水面下，拍成了忽而水面忽而水下的奇特效果。

一下午拍摄的结果，最后勉强能用的视频不过几秒，我们已经是筋疲力尽，更让人沮丧的是，我还丢了一副墨镜。

海豚有着生命不息、游动不止的精神，有些海豚一天能游上400公里。想要近距离地拍好海豚这类在水下高速运动的生物，没点奇招可是不行。《卧底海豚帮》的导演、野生生物纪录片制作人约翰·唐纳导演了一出海洋界的无间道。

他制作了一批海洋生物的机器人，将高清摄像机放置其中。它们圆溜溜的黑眼睛，就是摄像机的镜头。

首先出动的是间谍小海龟。它一出现在海豚身边，就引起了海豚的兴趣。海豚围到了小海龟身边，友好地打量它，和它一起游了一段。小海龟不负众望，拍下了海豚群水下飞奔，水面腾跃的近镜头。

过了没多久，海豚对海龟失去了兴趣，加快速度，绝尘而去。可怜的小海龟用尽了力气，也追不上海豚大部队的速度。

该轮到海豚机器人邦德出马了！它的时速可达24公里，能够和海豚大部队一起前行。海豚们一边前行，一边偷偷打量着这个陌生的新伙伴。

随着将摄像头含在口的金枪鱼间谍的出现，影片进一步被引向高潮，原来水面的海豚群只是冰山一角，水下有着成百上千头海豚在飞奔着。

接下来，间谍家族的乌贼、鹦鹉螺轮番登场，雌雄海豚群大战，海豚玩弄河豚从而吸取河豚毒素，享受类似“吸毒”飘飘然快感的奇异场景也纷纷展现。

这不是约翰·唐纳第一次使用生物间谍拍摄，之前他开创了将摄影机安置在飞鸟翅膀上的拍摄方式，让观众从动物的第一视角认识自然，这也让他扬名业界。

对于观众来说，要谢谢这位导演的妙招，让人们得以窥见大自然神奇的角落。

Chapter 4

深蓝暗示 _

飞鸟和鱼的故事，有一个梦幻般的句号

那一次的行程，有一个梦幻般的句号。当船儿离开 Sangalaki 海域，我望着无际大海，突然一条 manta 从水中跃起，表演了一个“凌空出世”的空翻。惊喜来得太快，而且全船的人只有我看见了，我坚信，这是 manta 在向我告别。

拍摄：五年级七班 Sandyyou

你好，龟仙人

我爱上潜水，多少和海龟有关。

第一次潜水，在下水前，潜导告诉了我一个手势（水下不能讲话，沟通基本靠手语）：右手盖在左手上呈握拳状，翘出两只大拇指，轻轻摇摆，意味着“有海龟”。

拍摄：五年级七班 Sandyyou

第一次潜水心情紧张得不得了，我紧紧拉着潜导的手，估计把他捏疼了。

突然，潜导往前一指，比划出了那个手势，接下来出现的某个“龟仙人”给那次潜水，掀起了一个小高潮。可惜，那只海龟比较胆小，还未等我们靠近，就匆匆跑路了。这家伙虽然背着厚重的大壳，动作慢吞吞的，但真要跑路时，四条小短腿一阵划拉，游得飞快。比起生活在陆地上的龟兄弟，海龟能干多了。

那是2005年，在印度尼西亚的龙目岛，美丽的海底世界和呆萌的海龟让我深深地中了毒。

我与海龟的亲密接触，是在马来西亚的诗巴丹岛。这里是全球著名的潜水圣地之一，也是海龟的天堂。这里的潜导不用再帮你找海龟，因为它们随处可见，而且完全不怕人。

诗巴丹的海龟，很合适水下摄影爱好者拿来练手。它们经常在珊瑚礁间大嚼藻类食物，或者呼呼大睡。我可以从容地游到它的身边，从各个角度给它拍特写，末了拍拍潜伴的肩膀，让他帮我与“龟仙人”合个影。一般来说只要你不对海龟伸出“咸猪手”，一般不会吓跑它。不过这需要高度的自觉性，当海龟伸手可及时，摸，还是不摸，内心自然有一番小小的“天人交战”。

如果运气好，在月圆之夜，还能在沙滩上看到海龟产蛋。

几年前，同样是在印尼潜水。餐后闲聊时，一个满头扎着小辫子的当地人跑来问我们，是否有兴趣去看海龟下蛋。

带上手电，跟着“小辫子”沿酒店的沙滩出发。走出酒店范围，是黑漆漆的海岸线。用手电不断地在沙滩上扫来扫去，吓坏了一片一片的小螃蟹，却一直不见海龟的影子，只能失望地原路返回。

就快走回酒店时，“小辫子”从前面跑来，失望地告诉我们，海龟已经来过了，可惜今晚海滩上有一群熊孩子在踢球，它刨坑刨了一半觉得环境太闹不安全又回去了。我们与海龟妈妈失之交臂！

好吧，只能看看海龟留下的痕迹了。这是一条从海中延伸到沙滩上的蛮有规律的一长条印迹，印迹的尽头是个被翻了一半的浅坑。要不是“小辫子”告知，我们会误以为这是轮胎印。

海龟为什么要选择在酒店附近的沙滩上产蛋呢？原来，海龟有个非常奇怪的习性，一定要回到自己的出生地产蛋，若是出生地发生了变故，则会想尽方法达成目标。甚至有海龟因为无法返回出生地产蛋，而放弃繁衍下一代，这也是造成近年来海龟数量大幅下降的原因之一。

作为海龟，一定搞不明白，为何在几十年之后（海龟性成熟需要几十年），当年那个自己出生时荒凉的小岛现在成了高级度假村，成了别墅区，甚至就彻底消失了。更可怕的是，在这个几亿年来繁衍了一代又一代海龟的地方，甚至有人张开大网，专等这些海龟产完蛋后，将它们母子一锅端。

龟仙人已经在地球上生活了两亿多年，虽然它们见证了沧海桑田，但来不及习惯物非人非。

拍摄：衣萍

飞鸟和鱼

与水中的鸟儿——manta ray（蝠鲼，后简称 manta）相遇的感觉，用文字形容实在苍白，你可以抬起头，自行想象一下那个场景。一块直径 5~6 米宽的菱形飞毯，一面黑一面白，拖着一根细长的尾巴，翩然翻飞，滑过你的视线。很神奇吧！

我与 manta 的初次相遇，是在菲律宾一处名叫“妈妈拍丝瓜”的小岛。当时船上有两个德国人，一对瑞士夫妇，再加我们两个中国人，大家从未见过 manta。潜导 martin 张开双臂，做飞翔状告诉我们：“6meter（6 米）！”6 米大的生物在身边轻舞飞扬，这让一船人兴奋得脸上都笑开了花。

好运如期而至，那一次，manta 绕着我们“飞”了好几分钟。它身形巨大而又风度翩翩，当巨大的双翼从头顶掠过时，我差点都忘了呼吸。

Manta 一词在葡萄牙语和西班牙语中是斗篷或毯子的意思，是同族类中最大的生物，最长可达 8~9 米。因为它古怪的外形和调皮的性格，又被称为“魔鬼鱼”。在周星驰导演的《西游降魔篇》中，一开场那个被三脚猫道士抓错的海怪，就是 manta。其实，manta 大多数时候性情很温和，只吃小鱼和浮游生物，见到潜水员就羞涩地绕道。

只是温和的 manta 有时候会发神经，传说它会故意潜游到小船底部，用体翼敲打着船底，发出“呼呼”“啪啪”的响声，使船上的人惊恐不安；有时它用头鳍把自己挂在小船的锚链上，拖着小船飞快地在海上跑来跑去，因此被渔民称为“魔鬼鱼”，其实这不过是搞怪青年的症状之一。

印度尼西亚达拉湾的潜点 Sangalaki 有“manta 之都”的美誉。在那里，我曾与近百头 manta 一起浮潜。

潜水船开进 Sangalaki 海域，老远就看到一些渔民站在他们的船头，双手做飞翔状，告诉我们，这里满海都是 manta！这里水质浑浊，manta 喜欢浮到水面享用浮游生物。往水中望去，不断有 manta 的身影出现在船下方，小船慢慢开了一圈，就掠过了几十条。

还等什么呢？我抓起呼吸管，带上面镜，“扑通”扎进大海。一条 manta 迎面游来，我举起相机欢迎，就快撞上时，它翅膀一翻，身体一侧，轻轻躲开了我。正想追赶，又一条舞着翅膀“飞”来，如此往复，我仿佛检阅了一支 manta“仪仗队”。原来它们也像鸟儿一样，喜欢列队飞行，我最初遇到的那位，估计是队长。

继续等待，还有好戏。几条 manta 同时从深海游进视线，它们紧密排列，组成一条美好的弧线。突然又飞来一队，两组面

拍摄：五年级七班 Sandyyou

对面翻飞，好一出宫廷舞，就差配上一曲《四季》。欣赏完这一出，我和sandyyou 同时从水中探出脑袋，美得尖叫：“哇！”

那一次的行程，有一个梦幻般的句号。当船儿离开 Sangalaki 海域，我望着无际的大海，突然一条 manta 从水中跃起，表演了一个“凌空出世”的空翻。

惊喜来得太快，而且全船的人只有我看见了，大家都认为我是氮醉（潜水的空气中含有氮气，容易让人有类似喝醉的反应）。当然，我坚信，这是manta 在向我告别。

我叫拿破仑，但我是一条鱼

“拿破仑”，其实是个多义词。正常情况下，拿破仑指的是法国那位擅长打仗和让整个欧洲发抖的矮个子皇帝；走进糕点店，拿破仑是一款经典的酥皮蛋糕；在潜水圈，拿破仑成了一条将近两米长的逗比大鱼。

为什么它能用这个名字？拿破仑鱼成年后，脑袋前部会慢慢隆起，形似拿破仑的帽子（说实话我真没看出来），因此得了这样一个酷名字。

拿破仑是世界上最大的珊瑚礁鱼类，通体呈鲜艳的蓝绿色，上面布满了花纹，长着一对肥厚的大嘴唇。也是因为这对嘴唇，让它成了华人餐桌上的奢侈品，如今拿破仑已成了濒危的鱼类。

拿破仑性格温和，喜欢与潜水员亲近，是我们潜水员的好朋友、好麻豆。在帕劳最著名潜点之一 blue corner（蓝角），生活着一条拿破仑，几乎去过那里的人，都会记得它的有趣和友善。

这是个水流较大的潜点，通常气泡会呈 45 度飞扬。水流自然会带来丰富的食物，所以这里也是鱼群汇聚之地。珊瑚礁外的深海，有白鳍鲨、灰礁鲨、鹰鹞、jack fish 鱼群轮番上场，是一部绝对精彩的视觉大片。

我正看得入神之际，突然一扭头，一条和我个头差不多的拿破仑正在离我不远处出神地打量着我，把我吓了一跳。我轻轻地朝它游去，它并不害怕，就在原地傻愣愣地看着我，好像一条乖巧的小狗，让我凑近它的身体，欣赏着它身上的花纹。仔细看来，这花纹类似于美国涂鸦大师 Keith haring 笔下密集的纹样，像迷宫，又像外星人留下的密码。与它四目相对片刻，我发现它的眼睛很神奇，可以一只往前看我，一只转向另一方观察身后的动静。

把我仔细打量一番后，这条拿破仑又朝我的潜伴游去，这家伙有足够的耐心，一个接一个，把我们一群潜水员挨个儿打量了个遍。

潜导发出指令让我们继续赶路。顺着水流，我们一会儿就飘出几百米远，一回头，这条拿破仑正夹在我们队伍中间，执意送我们一程，直至我们游出那片珊瑚礁，它才依依不舍地止步。一面之交，竟如此深情。

作为潜水员，每次下海，都是人看鱼，如今角色互换，成了鱼看人，还真是头一回。

事后与朋友们聊起这条拿破仑，才获悉它的“斑斑劣迹”。原来，它常年生活在蓝角，天性对人类充满好奇，其爱好就是与来此潜水的人类同玩。

摄影师 Aaron wong 曾携家眷 Lynnette 前往此地潜水。“我突然听见我老婆嘴里发出惊恐的呜呜声（嘴里咬着呼吸头，无法发出声音），回头一看，那条拿破仑正朝我老婆游去。我老婆惊恐万状，撒腿就跑，没想到这条拿破仑来劲了，跟在后面紧追不舍。于是这两位就在我头上转着圈，玩鱼抓人的游戏。这个场面实在搞笑，我本来还想给他们拍几张合影，不过这两位都游得太快。我只能从镜头里不停地看到，老婆、鱼、老婆、鱼……”

Lynnette 则很无奈地苦笑：“大概是这条拿破仑太热情了，其实我连鲨鱼什么的都不怕，唯一一次被吓成这样，竟是被这样一条可爱的大鱼。真丢人啊！”

拍摄：五年级七班 Sandyyou

海狼风暴来了

一堵黑密的“鱼墙”向我逼近！成千上万条海狼正排兵布阵，像龙卷风一样缓缓打转。游进龙卷风风眼，我的四周被鳞光闪闪的海狼团团裹住。抬头，海狼群组成的“鱼洞”直通洋面，隐约可见粼粼天光，由深浅不一的蓝色剪影组成的鱼隧道，好像通往龙宫的秘密通道。哇，简直是叹为观止！

这就是海洋奇观之一——海狼风暴。

海狼，又叫梭鱼，是海里一种凶狠的猎手，喜爱群体出动，逆流而行，成为一堵鱼墙，当水流渐缓，就会集体绕着一个中心点环游，故有“风暴”一说，在东南亚、南美周边海域多个潜点都可见到，但依然是百看不厌的海底盛景。

集体出动的海狼，通常个头较小，约 40~50 厘米长，这些海狼往往不会对人有威胁，但是，千万要提防其中的“独行狼”，它们通常身长在一米以上，而且单独行动，尖牙闪闪且有攻击性。据说它的视力比鲨鱼还强，有时鲨鱼都要对“独行狼”避让三分。曾有潜水员被“独行狼”攻击的记录，所以在水下看到这类海狼我就躲得远远的，实在是招惹不起啊。

不过，*Indian Ocean Reef Guide*（印度洋珊瑚礁生物百科）一书提到："独行狼"往往是因好奇而靠近潜水员（海狼大哥，你露着两排尖牙向我冲来，不是要吓死人啊），通常不会造成危险。

海狼为什么要集体出动呢？我的一次亲身经历大概可以解惑。2013年在南美，我又一次身陷密密的一大团海狼群间。这里的海狼比东南亚的个头要小不少，但数量上绝对大大赶超。等我回过神来，发现自己已经被鱼群团团包围，前后左右都是鱼墙。突然，眼前一亮，一条金枪鱼凭空钻出一个鱼洞穿梭而来，过了一会，海狼群中又闯进一只海狮。它们的目的是为了冲散鱼群，趁乱捕食离群之鱼。我身在其中，感觉好像是海狼群布下天罗地网，勇斗水中两员大将——金枪鱼和海狮，不见刀光剑影，但见瞬间天地混沌。

原来，猎手也有胆怯的时候，它们紧密的团结，是为了抱团守卫。当它们聚在一起时，鳞片的闪光让捕猎者无法聚焦于某一点，甚至会让有些智商不高的鱼类，误以为这是一条大鱼，而望而生畏不敢下嘴。

拍摄：潘迎久

我还曾在马尔代夫钓过海狼。钓海狼并不容易，在我们垂钓的海域，如果钓上海狼，是极大的幸运。每次往上提线时，我口里都要反复念叨一句咒语“Namanala，Namanala！”这个词在本地语中是海狼的意思。

除了海狼，其他鱼都极易上钩，往往刚把饵放下就有动静，此时要立刻提线，手快有，手慢无，不仅无鱼，连饵都被吃得干干净净。没过多久，我就抓了好几条，船舱中已经堆满了 snapper、surgeonfish 等色彩艳丽的鱼儿，就是没看见海狼。

天色渐暗，大家也玩得差不多了，打算开船收工，只有 sasa 还在坚持着念叨：“Namanala，Namanala！”天道酬勤，就在我们念叨着“最后一钓”时，sasa 手中的鱼线剧烈地颤动起来，船工立刻跑来帮忙，经过一番搏斗，一条 40 厘米的海狼躺在了我们的脚下，成了我们的战利品。

据说海狼的肉非常鲜美，可惜马尔代夫的厨师水平有限，烧鱼只会用糖醋油炸和咖喱两种方式，因此海狼肉味道究竟如何，到现在我依然没搞明白。

海狼酷酷的外形和性格深受人类喜爱，以海狼命名的物件五花八门：如美国的一种核动力快速攻击潜艇、任达华主演的影视作品、暴雪公司出品的游戏、某个学校的吉祥物、杰克·伦敦的长篇小说等。

海狼，你的人气那么旺，你在海里知道吗？

拍摄：衣萍

海洋界也有瘾君子

柯震东、房祖名、王学兵、宁财神、满文军……娱乐圈真乱，明星吸毒被抓的新闻隔三岔五就能见诸报端。难怪被娱记调侃道："监狱风云"明星阵容豪华，有编剧有歌手有演员，都能拍一部大片了。

其实，不仅仅是人类有这些不良癖好，连海洋界也有瘾君子。聪明的海豚，自创了一招"吸毒"妙法，通过刺激河豚，吸取它释放出的毒素，而达到飘飘然的境界。

这是之前被英国一个栏目摄制组所拍摄到的画面。镜头中，几条海豚选中了一条倒霉的河豚，然后轻轻地对着河豚咬上几口，接着又将河豚团团围住，围着河豚慢慢打转。惊恐的河豚不得不将身体鼓得圆圆的，同时释放出大量神经毒素，以求自保。这下正中了海豚的"诡计"，它们将河豚像踢皮球一样推来推去，还时不时地咬上几口。

没过多久，这些海豚的行为就出现了异常。其中一只雄性宽吻海豚在咀嚼了河豚后，动作古怪并浮在水上，看起来就好像吸毒后的状态。拍摄人员说，这只海豚看起来"好像被自己的倒影迷倒"。其他海豚的动作也明显放慢，慵懒地躺在水面上，慢慢游动，明显都被河豚释放出的神经毒素所影响。

海豚是海洋界的高智商生物，此前有研究称，它们也拥有类似人类的情感，如嫉妒、幽默感等，甚至雄性会像人类那样，把海草等漂亮的物体献给雌海豚，以获得美人的垂青。没想到，连吸毒这一人类恶习，它们竟然也同样有。

当河豚感觉受到威胁时，就会吞进大量水或者气体，将身体膨胀成一个圆球，同时释放出致命的毒素。

河豚毒素有多毒？那简直到了吓人的程度。海洋生物学家 Christle Wilcox 在一篇文章中解释："同样是毒素，河豚毒素的致命性是可卡因的 120000 倍，是甲基安非他命（冰毒）的 40000 倍，是四氢大麻酚的 5000 万倍。它的毒性是世界上更毒的动物如黑寡妇蜘蛛和黑曼巴的十几倍到几百倍。毫不夸张，它是人类已知的最毒的化合物之一。"

自信而聪明的海豚，竟然有胆量如此精准地接触河豚，找准时机吸取适当的河豚毒素。据说河豚毒素不会产生精神上的依赖，只会导致身体的麻木，而不会上瘾。中国研究人员发现，河豚毒素还是一种戒毒良药。研究人员对吸毒者进行试验，在注射极微量的河豚毒素后，所有各种"戒毒综合症"在 30 分钟后全部消失。1998 年，加拿大国际韦克斯技术公司利用河豚毒素成功地研制成一种名为 tetrodin 的戒毒新药。利用河豚毒素来戒除毒瘾，可谓"以毒攻毒"的一大创举。

在自然界中，利用食物来麻痹神经，制造感官制高点的动物并非海豚独有。研究显示，在南非，大象们喜欢放纵地享用马鲁拉树甜美的果实（marula tree，与芒果同属，果实在肠道中会发酵产生酒精），享受发酵果汁带来的酒醉的感觉。在澳大利亚，袋鼠对罂粟科植物的热情越来越高。还有报道称，汪星人对蔗蟾分泌的有毒物质也情有独钟。

海狮玩转鲨鱼

我正在水中悠哉游哉，眼前突然多了一对乌溜溜的大眼睛和一脸小胡子，小黑鼻子几乎贴到潜水面镜上，让我差点把呼吸的头从水里笑出来。它围着我游了几圈，我正准备和它一起翩翩起舞，它就哧溜地跑远了。

这个调皮的小家伙，就是水族馆的杂技明星——海狮。

2012 年的南美之旅，我们几乎天天与海狮相伴，不是在陆地上碰面，就是在水下偶遇，这些调皮的精灵真是让我们爱死了。

这里海狮的数量之多让我们甚至闹了个笑话。第一天出门前，袁姐姐两口子带上高倍望远镜，照例很仔细地向旅馆前台咨询，几点在哪个方位有海狮可以看。结果出门才走了三分钟，我们就在海边的长凳上看见三五个海狮睡成一团，再往前走，发现这里海狮比流浪猫还多，不小心就会踩到甚至坐到一只。

陆地上的海狮，往往都是睡得四仰八叉，靠得近一点还能听见呼噜声。我趁着它们酣睡，偷偷地合个影，后来发现这里的海狮根本不怕人，你对着它咔嚓咔嚓拍照，它只是睁开眼睛懒懒地一瞥，然后继续呼呼大睡。或许是我靠得太近，有几头海狮张开大嘴并试图追逐我，不过这些家伙在陆地上根本就是个废物，笨手笨脚的，行动力极低。

拍摄：潘迎久

在陆地上是我观察它，到了水下，我和海狮的角色就互换了，变成我被它研究。这家伙在水中游得速度飞快，好像一颗小炮弹，性格也变得自信满满充满了好奇！它最爱做的事情就是迅速冲向我，好奇地打量着我。当我正想和它好好地交流一番时，它就灵活地摆摆身体从一群潜水员身边穿梭而过，似乎在说："别看我在陆地不行，这会看我多牛多帅，傻眼了吧！"甚至有一只小海狮冲到我的镜头前，轻轻地啃了一下试试口感。仔细观察了一下它手脚的造型，就像是穿了潜水脚蹼，你就不奇怪它在水下的轻快自如了。

它的自信不是没道理的，海狮在水下可以达到时速 27 千米。最显其智商的是，它们竟能与自己的天敌大白鲨斗法。我曾在纪录片中看到几头成年海狮在大白鲨身边玩耍。虽然大白鲨是海狮的天敌，但一旦海狮先行发现了大白鲨的踪迹，鲨鱼就完全奈何不得它。海狮非但不惊慌逃跑，反而划拉着前蹼，在庞然大物身边自由轻松地来回游戏，让人觉得这些小家伙真大胆。

若阳光明媚，海狮就集体浮潜晒太阳。它们把身体浮在海上，肚皮朝天，四肢探出水面，偶尔把鼻子伸出水面方便呼吸。从水上看去，就是一堆小小的蹼插在水中，此时人们可以下水浮潜，与它们来个深度交流。

据说海狮的智商堪比四五岁的小孩。老虎、狮子从没断奶时开始训练，方能在成年后上台表演，而成年海狮只要身体健康，训练半年后就能成为动物园和海洋馆的明星。

凭借着高智商与好水性，经过训练的海狮，可替人潜至海底打捞沉入海中的东西，比如从太空返回地球而又坠落于海洋里的人造卫星以及向海域所做的发射试验的溅落物等。当水深超过一定限度，潜水员也无能为力时，就是海狮大显身手的时候了。据说，美国特种部队中一头训练有素的海狮，能在一分钟内将沉入海底的物体取上来，人们给它的“奖赏”，却只是一点乌贼和鱼。

近年来，海狮被列入濒危物种，亚种之一的日本海狮已经灭绝。造成这一现象的主要原因，并不是捕捞，而是海洋污染和渔业。污染导致重金属在海狮体内累积并通过哺乳影响下一代，过度捕捞导致海狮食物不足。真让人可悲，人类的贪婪，已让地球和地球生物不堪重负。

异形、海鳗与鳗鱼饭

还记得经典电影《异形》中的外星怪物吗？两排尖利的牙齿间又缓缓伸出一张充满恶心黏液的嘴，一点点地逼近主角的喉咙……让你瞬间想尖叫想逃跑！

在没有了解海鳗之前，我一直很佩服导演和道具组的想象力，谁知艺术皆来源于生活，外星怪物嘴部的设计与海鳗口腔的结构是“如有雷同，实属巧合”。

大多数鱼类捕获猎物的方法是：张开嘴，将猎物吸进来，然后用咽部的骨骼来处理它们。但海鳗的吞食方式很独特，它们会以闪电般的速度向猎物靠近，然后用前端有牙的下颌夹住猎物。几乎同时，隐藏在其咽喉后部的具有攻击性的内颌会跳出来，扑向猎物，然后将其拖入腹中。

你很难把日料餐桌上经常见到的鳗鱼饭、鳗鱼寿司、烤鳗鱼等诸多鳗鱼美味与上面这个经典且玄幻的场面联系起来吧。

全世界消耗鳗鱼量最大的市场便是日本。以前，日本一般人是无法在平时亲啖鳗鱼的美味的，只有贵族才能享有这种口福，但是日本全国人民都会在 7 月 20 日左右的“鳗鱼节”享用鳗鱼。现在由于人工养殖产量增加的缘故，鳗鱼能够以相对比较便宜的价格让普通人一享口福了。

虽然海鳗在餐桌上价格不菲，但在海中它是我们经常见到的生物之一。

大多数时候它们都躲在珊瑚礁和礁石中间，只探出一个脑袋，偶尔张开嘴露出尖牙以示威胁。

白天海鳗一般都躲在珊瑚礁间休息，晚上会出来打猎吃饭。我曾经见过一条通体布满华丽丽的黑白花纹、身体比碗口粗、长约两米的大海鳗，在海底追杀小鱼，绝对是条霸气外露的“海底蛟龙”。

在马尔代夫的部分潜点，海鳗多到吓人，往往一丛珊瑚礁中，就住了好几条。那天我们遭遇了水下大流，为了尽快固定身体，大家拼命地往礁石上抓。我的朋友老王比较悲剧，慌乱之中奋力一抓，没想到正好抓到一只海鳗头上。这家伙可不是吃素的，立刻张嘴“咔嚓”一口。于是老王事后就在网上晒了张照片，上面有一根带着两排深深牙印、血淋淋的手指。

我们吃到的鳗鱼饭，看上去似乎都是表皮黑乎乎的鳗鱼，但其实海鳗家族还是有不少“美人”的。

有混时尚界的鳗鱼，浑身长着类似豹纹的图案，更酷的是，它嘴里的图案也是豹纹。还有“草间弥生”家族的鳗鱼，它们有白底黑点，或者黑底白点。最美丽的要数彩虹鳗，它们的身体比较纤长，身上往往是鲜艳的蓝黄色相间，嘴的顶部与背部有大片呈羽纱状的鳍，看起来颇有几分仙气。

鳗鱼家族也不全是大个子，花园鳗就是个例外。第一次见到花园鳗，要不是潜导特地指出，我一定会误以为那是一大片水草。它们通常成群地生活在海底的沙地上，身体仅手指粗细。当你离它们较远时，它们把大半个身体露在沙地外，在水中随着水流起伏轻轻摇曳，是绝对的伪装高手。当你轻轻靠近，这些小家伙就成片地慢慢缩进沙地，就好像含羞草一般。

若你放慢脚步，停靠在沙地上等待片刻，这些小家伙就会再次慢慢地从沙地上“长”出来，继续把自己伪装成一根水草。

Chapter 5

揭秘"潜"生活＿

这一路上学到的，远比我想象的要多

船潜生活是告别大学集体生活之后，又一次没心没肺、志同道合坦诚相见的体验。来自天南地北各行各业的人汇聚到一起做"一条船上的蚂蚱"，有潜水圈的老朋友，也有初次相见的新伙伴。几天时间下来，大家同吃共住，迅速打成一片，成了相见恨晚的老友。

“失联”的船潜生活

快艇带着我们驶向一艘白色的潜水船，随着距离越来越近，大家脸上的笑容也越咧越开。

快艇停了，服务生托着冰镇橙汁在船头等着我们。上船，检查行李，收拾装备，开会，分房间，船潜生活开始啦！

什么是船潜？就是生活在一条潜水船上，白天潜水，晚上开船去往下一个目的地。船上有餐厅、休息室、DVD 室等公共活动空间，通常两人一个房间，带洗手间。

船潜生活其实蛮辛苦。

五点 morning call 起床，喝杯热茶吃几口饼干补充能量，天还未亮就开始第一潜。然后上水、洗澡、吃早餐；10 点，第二潜，接着午餐；下午通常两潜后晚餐；有时还会安排夜潜。日出而作，日落而息，生活作息时间很规律。

船潜生活其实也蛮简单。

每天不断重复吃、潜、洗、睡这四件事情，打铃了，开饭；打铃了，潜水；打铃了，开会；猛打铃，火灾警报预演。且不提日常工作，仅与陆地旅行相比，就不知道要省多少脑细胞。再加上船上 24 小时供应小食、水果和软饮，让人心宽体胖，一不小心腰围就粗一圈。

船潜生活还能治失眠。

每晚潜水船要赶路，马达往往轰鸣一整夜，偶尔还会遭遇风浪，整个房间左右摇晃，甚至被浪抛到空中，真担心会不会从床上掉下去。可就这样的睡眠环境，除了第一夜会有些不习惯外，后来每晚越睡越香。我平时有些难以入眠，几天下来也能锻炼到沾床就着的境界。再到后来，已经到了随处都能睡着的境界。因为潜水会有些许氮气停留在体内，导致困倦。记得在马尔代夫的潜水船上，大家经常在公共休息区横七竖八地睡成一团，就像大太阳下的一堆海狮。我还曾经和我的室友挤在一张单人沙发上午睡，醒来时发现有男生正举着相机偷拍。

船潜让我们回归了大自然。

每到厨房工作的点，我们的船边就围了一群来化缘的小朋友。水中有各种鱼儿，甚至还有鲨鱼，天上飞着海鸥和军舰鸟。厨师从窗口抛出一片金枪鱼，鲨鱼跃出水面抢，鸟儿冲到水面夺。开船时，总会有海豚围到船边共游，试图与我们比个高下。到了晚上，登上船顶，满眼的繁星能吓坏患有密集恐惧症的人。

船潜生活更是一次真正的出离。

船潜行走的路线，往往远离大陆，行驶在一片群岛之间。不要想什么wifi，连手机信号都不会有，自船开出港口的一瞬间，就失联于人间。无论你是工作狂、网络控，还是企业主、董事长，在船上的这几天，要与工作家务、股票汇率、微信微博、新闻八卦通通说再见，彻底断掉与外界联络的念想，真正与世隔绝。

船潜生活是告别大学集体生活之后，又一次没心没肺、志同道合、坦诚相见的体验。来自天南地北各行各业的人汇聚到一起做“一条船上的蚂蚱”，有潜水圈的老朋友，也有初次相见的新伙伴。几天时间下来，大家同吃共住，迅速打成一片，成了相见恨晚的老友。

这一切美好从回归人间，有了 wifi 信号起就消失了。我们停止了亲密对话，人人钻回到那个小小的屏幕里，给彼此的游记照片点上赞。只是打开手机后会有点失望：失联八九天，世界变化不大，记挂我的人也不多。

鱼市里的小乞丐

马尔代夫的菜场小贩熟练地将鱼头、鱼尾几刀剁下，掏出内脏，用刀剥下鱼皮，沿着中间的主鱼骨将鱼肉分成两块，再简单粗暴地把鱼身两边小刺的部分直接切掉，一条数斤重的金枪鱼就立刻变成为几大块完整的鱼肉。接着，给顾客称斤、装袋，鱼肉直接取走。

剩下的部位怎么办？按照中国人什么都能吃的理论，鱼头可以单独做一道菜，或剁椒或炖汤；鱼皮可以凉拌做冷菜；鱼骨还可以裹上面粉做脆炸鱼骨。

马尔代夫的鱼贩子可不这么想，大刀在砧板上一划，这些剩下的部分都成了废料进了垃圾桶。中国游客看了无不扼腕叹息，这真是赤裸裸的浪费！

在马尔代夫的鱼市里逛上一圈，多少能理解一点他们的这种做法。

宽敞的鱼市场中，整齐地排列着各种不同大小的金枪鱼，有 30~40 厘米大小的，也有长达一米左右的黄鳍金枪鱼。这些在中国价值不菲的海鲜，却是当地最普通的渔获，成了比猪肉还普通的肉食。

同样是海岛的鱼市场，Galapagos 菜场的小贩处理下脚料更有艺术性，甚至成了当地的一道著名景观。

每个摊位周边都有几个小帮手（小乞丐），它们分别是鹈鹕、燕尾鸥及海狮。

海狮凭借着憨态可掬的特点，走卖萌路线。它直接就守在摊主身边，费力地站直身体，好像小狗一样把头搭在桌子上，眼巴巴地盯着桌子上的鱼肉，却不敢造次。有些“聪明”的海狮为了博得摊主欢心，甚至会用头去蹭蹭摊主，做友好状。

有个摊位边聚集了一大群鹈鹕，眼巴巴地盯着小贩。小贩对我们游客说：“来，我给你们表演个酷的。”提起右手就像指挥一般在空中做挥舞状，这些“小乞丐”们立刻整齐地跟着小贩的右手，有节奏地摆摆头，说往上就往上，说往左就往左，动作整齐划一，堪比训练有素的士兵。

当然，并不是所有的鹈鹕都那么听话，有些胆子大的，直接跳到台子上偷吃鱼头。结果被摊主抓了个现行，一把抓住“小偷”的双脚倒转拎起，将鱼头从鹈鹕的喉咙中挤出。

让这些小家伙乖乖听话的秘诀，就在渔获的下脚料中。摊主不用再费心怎么处理鱼骨、鱼皮等“垃圾”，直接往身边一抛，“施舍”给这些前来“蹭饭”的小朋友就可。长此以往，每到“饭点”，小动物们就蜂拥而至。

Galapagos的居民深谙人类与动物的相处之道。我们的潜水船每到大厨工作之时，厨房的窗口下就会聚集着很多小乞丐。水中一群鲨鱼静静潜伏着，水面一群鲣鸟来回盘旋。

它们在等什么？

答案就在大厨的手中，一小片金枪鱼从厨房的窗口中抛出，瞬间引发水面的一场混乱。几条鲨鱼张开大嘴跃出水面，一群鸟儿从空中扑向食物，速度快到连谁是赢家都来不及看清。

这真是最棒的垃圾回收方案，估计这里潜水船的厨房不会产生太多的垃圾，连垃圾分类都免了一道，直接实现最完美的循环。

拍摄：袁芳

难以下咽的一大锅海鲜汤

“对于一个吃货来说，下海潜水是不是就像跳进了一锅什锦海鲜汤，见到什么都是美食？”曾经有朋友这样问我。

也有做生意的朋友，在一次体验潜水后，两眼放光地告诉我：“这水下可到处都是钱啊！而且是美金。”

这两种说法，虽有些邪恶，但也曾出现在我的脑海中。记得在泰国普吉岛考OW潜水证时，潜导带我看了一条70厘米长的大石斑鱼。回到水面以后，就和同伴计算了一下这条石斑鱼的价格，算得我们个个两眼放光。

除了石斑鱼之外，往日海鲜池里价格不菲的美味，都是海底世界的老面孔。红色蓝点的东星斑，经常在珊瑚礁中穿梭，非常抢镜；无处不在的海胆，成了我们潜水员最讨厌的生物之一，必须随时警惕着别被它们扎到；近一米长的海参，粗黑丑陋，我称之为“海底便便”；长约一米的金枪鱼，在马尔代夫的部分海域，几乎就是我们的老朋友。

嗯，对于吃货来说，的确挺像一大锅海鲜汤。

光有这些还不够，一米多高的鹿角珊瑚，几米大的海扇，这些在国内能摆到橱窗醒目位置甚至是收入博物馆的旖旎珊瑚，在某些著名潜点经常可见。各类鲨鱼，摆动着昂贵的鱼翅，在珊瑚礁间来回巡视。

遍地黄金是不是？

如此美好的画面，不用说下手去破坏，只要想想哪一天这些都不复存在了，就会心痛不已。于是，昔日邪恶的小念头早已远去，取而代之的，是希望这样的海底美景不被人类的贪念所打扰，就一直单纯地保持美好下去。

更有行动派的潜友成立了不吃鱼翅的组织，每年定期举办活动。近年来，国内还有了“潜爱大鹏”民间珊瑚保育组织，希望把“一锅海鲜汤”的盛景移植到国内。

鱼翅是万万不能吃的，但吃点海鲜过过瘾还是必需的。为了吃得环保些，台湾地区的一些环保机构特意制作了一份表格，将海洋鱼类分为几个等级，建议大家不要吃一些受保护或是数量日渐稀少的鱼类。

当然，身为美食之国的一个吃货，既要秉承着吃得环保的理念，也要发扬走到哪吃到哪的精神。

在印尼的达拉湾，人们每天都大吃东星斑仔。东星斑是当地渔民养殖的海产品之一，所以对于他们来说，东星斑就好比是鲫鱼、草鱼一般普通的水产品。看看当地人的吃法，简直就是暴殄天物：直接将整条东星斑裹上面粉油炸，然后浇上酸辣的佐料。好在我们度假村的大厨曾经去香港培训过一年，当服务员把热气腾腾的广式蒸东星斑仔端到我们的餐桌上时，简直有儿时过年的喜悦以及吃一口赚一口的激动。

在南美船潜，一百多美元就能买到一整条刚捕捞上来的黄鳍金枪鱼。当天中午，每个餐桌都摆上了一大盘铺得满满的金枪鱼鱼生，让人一直吃到吃不下为止。而那种新鲜甜美的口感，以后在国内的餐桌上再也没有找到过。

在南太平洋的汤加，不到 200 元人民币就可以买到一只比脸还大出一圈的海蟹（可惜是冰鲜），而且当地还有一位来自中国福建的厨子。谁说吃蟹麻烦，吃如此硕大的蟹，吃个蟹脚就像吃猪蹄似的，大口大口的节奏。

好了，拉仇恨环节到此为止，君子爱财取之有道，吃货贪嘴手下留情。

包个小岛过新年

“Welcome，你们是我们酒店自去年10月以来的第一拨客人，也是这几天唯一的客人。”酒店经理用浓郁的菲律宾腔英语，非常客气地向我们介绍。

简直不敢相信，在热热闹闹的农历新年，中国海滨度假村都是爆满的情况下，我们竟然无意中在菲律宾的某个小岛“包”下了一整个海景酒店！

这是2009年春节的奇遇，我们去菲律宾Donsol看鲸鲨，顺便去附近Ticao island的酒店潜水。与大多数潜水地一样，这个潜水酒店也是位于鸟不拉屎的地方，因为只有难以到达的地方，才能有更清澈的海水与更优良的生态。

从马尼拉搭50分钟的飞机到达里加斯比，打车到码头，乘坐一个小时的快艇后，再坐半小时的小摩的——够曲折吧。记得经过一方水田时，呼啦啦惊起一大群白鹭，扑扇着大翅膀飞进了椰子林。路途的折腾与一夜飞行的疲劳，立刻被这美景所抵消。

穿越了一大片没有路的椰子林后，我们终于到了。这是个独占了细白沙滩与蔚蓝大海的小酒店，每个房间都是独立的小木屋，并带一个小小的阳台，你可以随时在阳台上发呆看海。

这样的酒店在国内应该是天价，可在岛国菲律宾却太常见了，价格也非常实惠，不过是2000多比索，折合人民币400~500元而已。

因为是淡季中的淡季，工作人员自然就精简一些，整个酒店的工作人员由一位经理、两位服务生、一名小工、一名潜导、一个大厨组成。而我们这次只去了四个人，是 1∶1.5 的服务比例，这个待遇实在是有点土豪。其中一位服务生 Lucy 还是位妩媚的“伪娘”（这在菲律宾很正常，几乎成了每个潜店的标配）。

不必担心酒店亏本，这些工作人员大多是本岛的村民，酒店营业时过来上班，平时就回家各忙各的。比如酒店的大厨，其实就是附近住家的大妈，我们吃的相当于是他们家的私房菜。

接下来就该张罗年夜饭了，按照中国的习俗，年夜饭大吃大喝是必需的。“Crab（螃蟹）？”“sorry！”，“东星斑？”“sorry！”，“Lobste（龙虾）？”……在一连几个 sorry 之后，酒店经理告诉我们，只有冰冻的虾，其他的海鲜都不一定有，只能明天去鱼市场现买。那有什么酒呢？经理在柜子里翻找了半天，摸出几瓶芝华士和伏特加，上面灰厚得能写字，让我们直叹气，交代他明天给我们准备一些啤酒。

第二天，经理遗憾地告诉我，因为受台风影响，只买到了普通的海鱼，龙虾和螃蟹都没有。就这样，我们吃了有生以来最冷清的一顿年夜饭。四人围坐一桌，简单的菜肴加啤酒。没有鞭炮声，没有春晚，没有人声鼎沸，只有海浪拍打着沙滩，台风呼啸而过，偶尔刷下一阵急雨。那一晚聊了什么，现在完全不记得了，只记得风雨飘摇，笑声都淹没在无尽漆黑的夜色里，多少有些凄凉而孤独。

人类就是群居动物，虽然去国外度假就是为了清静，但当你真正一天也见不到几个人，还真是有些不习惯。难得做回土豪，发现还是境界不够啊！

第三天一早，我们坐着快艇离开了酒店，几位工作人员排成一列在海滩边挥手向我们告别，Lucy 一边挥手一边扭腰，身体就好像风中的柳枝般晃动着，直到船开出好远。

从 15 度到 62 度

咕咚一声翻入水中，冷！冷到立刻神清气爽！看看潜水表，水温从 18 度慢慢降到 15 度。只觉得寒气直逼脑门，头顶隐隐作痛，大脑都快停止转动了，真担心会不会冷到“大姨妈”都不来了。

这是我潜水中遭遇的最冷水温记录。虽然下水前，我做好了充分的准备，穿上五毫米的潜水衣加上三毫米的背心，带上了三个头套，可是等到了水下，心里还是不由得暗叫后悔，只能当作一次极限运动来体验了。

每年的 6~9 月，是厄瓜多尔的冬天，气候凉爽而干燥，此时来自西部的太平洋赤道暖流和来自南部的秘鲁寒流在此交汇。

秘鲁寒流是寒流中最强大的一支，由南极方向向赤道方向流动，这股寒流支持了大量的海洋生物，因此每年这个时段也是 Galapagos 的潜水旺季。通常情况下，这个季节的水温在 20 度左右，而我们是遭遇了寒流，感受了一把来自南极的寒意。

寒冷的水流，不仅摸得到，还能看得见。有点像高速路上蒸腾的热气，视线里突然夹进了一层毛玻璃，扭动着模糊了，紧接着可怕的寒意毫不留情地从四面八方袭来。

我应该是有点冻傻了。看深度表、留意残余气量、注意免减压时间、往 BC（浮力背心）里充气保持中性浮力……这些以往简单的常规动作，现在都要大脑刻意地提醒身体去做。

奇葩的环境下，生活着一些奇葩的生物。沙地上一条小鱼背对着我，当它转过身时，我见到了大概是这世界上最丑的鱼儿——红唇蝙蝠鱼。它的脸部贯穿着一张鲜红色的大厚嘴，长着一对像爬行生物的前足，配上扁平暗绿色的身体，就好像水下版的如花。

另一种神秘的小鱼，好像是从远古而来未进化完整的生物，又或是外星人的亲戚。它长着鱼的身体和鳞片，翅膀一样的鳍可以在水底展开飞翔，几对昆虫般的前足能在沙地上慢慢爬行。这也是当地特有的生物，叫 Galapagos robin。

生物的奇特多样，依然不能抵御寒冷的侵蚀。等潜到第 20 分钟时，我用双手抱着身体想多留住一分温暖，小腿开始抽筋，头疼得愈发厉害。不得不向潜导申请，提前出水。

我回到水面，发现大家都已是冷到了极限。老王在潜水船上冷得直吐，爱思考的“胖头鱼”已经联想到了《泰坦尼克号》里的 Rose 和 Jack 在水面告别的那一幕，Jack 为什么要自杀？现在大家明白了，他是活不久了，水温低真是会冻死人，而且是迅速地被冻死。

有一位潜友有常年冬泳的习惯，在下水前还不以为然，15 度算啥？等回到水面后他冻得嘴唇发紫连说“没想到，潜水和冬泳太不一样了”，他哪里知道，冬泳是大运动量且头部不会长时间浸泡在水中，当然好很多。

15 度的寒意还没过去多久，我又转身去了台湾，尝试了一把超高温的“泷乃汤”。

泷乃汤历史悠久，属于酸性温泉，我去的那天，台湾阿妈恭喜我运气不错，水温比较高，有 62 度。

62 度的温泉，泡起来是要有些技巧的（要谢谢台湾阿妈的悉心教导）。下水以前，先舀几勺水把身体冲热，迅速跨入水中，忍住疼痛将水浸到胸口位置，默数到十，迅速爬出。整个泡汤的瞬间身体不能动，稍微一动就会觉得疼痛难耐。据说泷乃汤的水对身体有多种益处，是本地人养生保健的好去处。

15 度的水，没给我造成任何不良影响，62 度的水，也没把我烫坏。人的耐受性，就像一条弹力十足的橡皮筋，有时候比想象中的大多了。

中国潜水大军来了

吹着海风，享受着海鲜大餐，一边听着身边传来广东话、上海话、四川话、东北腔……可此刻我分明是在菲律宾的某个海滩潜水度假，这是近年某个农历新年的经历。

差不多就在十年前，在东南亚一带自助旅行的途中，大多数人见到我就直接来一句“挖泥几哇”，然后问我是不是来自日本或是韩国，一般要猜到第四、五回才能猜对。

现在就不同了，老外直接用“你好、恭喜发财”向我打招呼，潜店的小哥直接问我：“你来自中国哪里？上海还是北京？”

那时玩潜水还是个稀罕事，2006 年我想考证正式学潜水，整个东南亚能提供中文教学的寥寥无几。而到了现在，不仅身边越来越多的朋友开始从事潜水教学活动，就连潜水俱乐部也如雨后春笋般地冒尖。在一个潜水展上，我遇到印尼蓝碧潜水度假村的老板，他告诉我，每次中国人放长假就是他们酒店最忙碌的时候。

毋庸置疑，中国潜水大军浩浩荡荡地来了！就像 BBC 2011 年推出的那部纪录片的名字：中国人来了！时常有潜友在海底展示五星红旗，这事儿我们也做过，别说，那一刻身为中国潜水者的自豪感，绝对是真的。

问题也随之而来。有人在水下拥抱海龟，有教练带头从水下捞东西上来，

拍摄：凤凰涅磐

更有甚者动不动就站到珊瑚礁上拍照。2013 年 2 月，影星黄渤在帕劳潜水，正在为上帝的绝妙之笔唏嘘之际，突然看见水面飘着一烟盒，上面赫然写着“中华”二字，让他愤怒地在微博上写道：“朋友啊，去别人家做客咱客气点，这俩字的脸丢不起啊！”

更糟糕的是，爱钻小空子的中国人，连玩潜水也不例外。我曾经遇到一位土豪，得意地告诉我他根本不会游泳，教练一样给了他一本潜水证。这话把我听出了一身冷汗，且不提 PADI（国际专业潜水教练协会）的规定，万一潜水时出了意外，你真会觉得你这是赚了吗？

这些良莠不齐，相信总会慢慢解决，且宽容些，说说我们中国潜水大军到国外带去的正能量——中国美食文化！

我们采取的是每到一处便改造厨房、甚至占领厨房的策略。

首先在出发前，我们会与船上的负责人沟通好，让他多准备一些葱、姜等原材料，然后我们各自分工：广东同学带上蒸鱼豉油，四川同学准备火锅调料。

于是，在马尔代夫的船上，前一晚大家在海滩上摸爬滚打抓来一麻袋小螃蟹，第二天老杨负责牵头指导厨师做出了虾蟹粥。再过几天，我们把船工钓上来的鱼，就着四川火锅调料做了一份水煮鱼，一个行程下来，厨师已经能做几道像样的中国菜了。

去年夏天的南美之行，我们就买到几条刚捕上来的石斑鱼，便决定自己来料理这份美味。我们选择的方式是最简单的清蒸，加上一点蒸鱼豉油和一勺热油，也就是最经典的广式蒸鱼。大厨就好像看我们变戏法一般变出这样一份鱼，迫不及待地品尝了第一口后，他激动得端着盘子让全船员工每人吃了一块。虽然从小生活在海边吃着海鲜长大，但这种做法他们是第一次吃到，最后我们做出的第一份鱼全部被他们瓜分完了。

前人栽树，后人乘凉，我们在汤加遇到的英国籍老妈妈就会用“老干妈”给我们做菜，未来如果你在某个潜水圣地从老外厨子手中吃到中国菜，或许就是潜水圈某位前辈辛苦教导的成果。

水下遭遇地震

“如果2012是真的，整个地球都被水淹掉的话，大概你们潜水者可以逃过一劫。”几年前，2012末世传闻闹得沸沸扬扬时，总能听到身边的朋友这样“安慰”我。

事实真的是这样吗？即便海面波涛汹涌，在水中就可安然无恙？大多数潜水圣地都处于群岛或岛屿周边，而这些地方多数都处于地震带和台风圈，如帕劳、印度尼西亚、菲律宾、日本、台湾地区等。我曾有在台风天潜水的经历，记得那几天水面的风雨涌浪和水下的宁静形成了巨大反差。当然，那次台风并不大，风团只是与我们擦身而过。潜导说，若是台风再大一些，就只能取消潜水，否则会有危险。

2012年2月6日，菲律宾内格罗斯岛杜马格特市以北70公里处发生了6.8级地震，而我的潜友Puma正好在距震中仅12.8公里的海中潜水。

他告诉我，本来那只是极普通的一潜，虽然是个阴天，但水下能见度一如既往的好，水下的大海扇、珊瑚五彩缤纷，沿途的鬼龙鱼、海兔、狮子鱼、砗磲千姿百态。

潜到第44分钟，深度约11米的位置，Puma突然在头上听见震耳欲聋的轰鸣声，“我正玩得开心，就没多想，以为只是有大船经过水面。”仰望上方潜导Bebet以及众潜友正拼命踢Fins（脚蹼），远离声响，Puma也本能地躲避。

声音持续了约20秒，接下来就是一如既往的宁静。算算时间和残存的气量，Puma打算升到5米处做安全停留（每次潜水，都需要在5米处停留三分钟，帮助身体排出氮气，确保安全）。贪玩的Puma看到珊瑚丛中有一对色彩艳丽的尼莫，就打算游过去一边拍照，一边做减压。

还没等他拍出佳作，突然一波大流袭来，顿时让他感觉身体像一片叶子失去控制。“我死死抓住身边的岩石才没被水流带走，心里还在奇怪，这个流真够大的。”稍作休息后，水流也小了一些，看到潜水船的锚索就在不远处，Puma当下选择奋力踢脚蹼，总算“抓住了一根救命稻草！”

刚抓住锚索，还没喘上几口气，恐怖的流再次袭来！

“海底的黄沙卷着大块海藻扑面而来，瞬间能见度为零。大流先上升后又180度大转弯把我往深海拉，我只好死死抓住锚索，在水下反复晃荡。”

10多秒后，海水逐渐清晰，潜导在船梯边猛敲叮叮棒呼唤Puma上船。刚在水面一露头，几个船工马上把他拽进船舱，螃蟹船立刻加大马力往远海开去，看到船工一脸惊慌失措和船上同伴一张张吓白了的脸，才反应过来，原来刚才他在水下亲历了一次地震！

事后Puma告诉我，逃过一劫实属运气。他在潜水日志中写道：“如果地震不是发生在即将进入安全停留期，如果我不是刚好离船锚索很近，如果不是我因无知而镇静……后果都将不堪设想！！！万幸啊！！！”

就如Puma的潜导Geom说的那样：“这是一次伟大的记忆，但我愿一生仅一次！”

拍摄：潘迎久

Chapter 6

玩转“潜”规则

认真做好每一潜，那么，天堂很近，地狱很远

我一直觉得潜水与开车很像。首先，这两者大多数情况下都属于完全由你所控。其次，只要你严格、严谨甚至严肃地对待每一个动作，你就能确保自己的每一次出行，安全且得到一定的享受。但是，如果你忽视、轻视这些基本规则，就可能会酿成大祸，甚至丢掉小命。

小费是对潜导的奖赏

我浮在水面，奋力脱去BCD（浮力背心，一种潜水装备）递给船工，潜导立刻游过来帮忙托一把。手拉船梯，正打算弯腰脱脚蹼，突然觉得脚下一轻，原来细心的潜导游回水中，即时帮我取下了脚蹼。

那一年我在菲律宾的薄荷岛潜水，东南亚潜店贴心周到的服务让我觉得潜水一点也不辛苦。下水前，船工早已帮我换好气瓶；穿湿衣时，总有人帮忙拉上后背的拉链；递过来的脚蹼，已经将脚后跟翻好，方便我穿上；在水下，潜导忙着找些当地的特有生物给我们看，看我们举着相机拍照，还帮忙拨开水草打上灯光；回到水面，船工立刻递上热饮料与干毛巾，然后收整好我的潜水装备。这一切，都是托小费的福。

东南亚是全球潜水最棒的地方，除了水下资源丰富，还有便宜的价格和优质的服务。只要稍稍给上几十美元小费，你就可以在优质服务下感受“女王”般的愉悦。

在看小生物的印尼蓝碧，你甚至可以“点菜”。递上10美元，在图册上，点出我想看这个墨鱼和那个虾，潜导立刻心领神会，下次潜水直奔人家家门口，一扑一个准。

这些淳朴的东南亚潜导的基本工资非常低，小费是他们的主要收入，虽然不会开口主动问你索要，但他们的服务会让你心甘情愿地把绿油油的美钞塞进他们手中。

若是遇上了在东南亚打工的欧美籍潜导，状况就完全不同了。从扛装备搬气瓶，到安装全套潜水装备，全都必须自己动手，他们只会在边上观望，好不容易干完这一切，我已经累出一身臭汗。到了水下，他们只负责点好人数带队，很少会主动找小生物。结束时也一样，一切自力更生，感觉真不像是在度假。

当然，这样也有好处，就当是一次费力的复习，避免忘记如何处理这套复杂的潜水装备。

没啥服务，也就谈不上什么小费了，所以一般给欧美潜导的小费，会打不少折扣。

性价比最差的潜导，要数南美的。在订船潜的舱位时，就能看到官网上显示，建议支付总金额10%的小费。在墨西哥，我计划将小费分几次给，在旅程快结束时，潜导有点坐不住了，跑过来轻轻地问我：“What’s happening?（发生了什么）”言下之意，向你咨询我哪里服务得让你不满意，为啥小费给得那么少。如此直白，让我感慨各国文化差距实在太大。

虽然价格挺高，但南美潜导的服务实在和东南亚没法比，有位潜导甚至每次都带摄像机下水，每次都在水下忙着拍摄，末了还问我们是否愿意购买他拍摄的水下视频，让我真想建议东南亚潜导去南美给他们的同行做几次培训讲座。

养成习惯后，在国内有时我也会给小费，下雪天送pizza的小伙子，在楼下等了我半小时的快递员，我都会用小费鼓励他们将优质服务继续保持下去。

给小费的感觉真的是很棒。有一次在船潜时，我负责帮助分发全团的小费，当我拿着白色信封，走到每个船工身边时，他们看我的眼神中掺杂着期待与喜悦，有些还羞涩地笑着。

只可惜，刚开始潜水时不懂小费规矩，没有给服务最好的菲律宾潜导Martin小费，至今想起来都觉得有些对不起人家。

好潜伴比另一半更难找

我的潜伴 Frank 急匆匆地向我游来，同时用手比画了一个抹脖子的动作，我立刻心照不宣地把醒目的黄色备用二级头递给他，让他分享我气瓶中的压缩空气。用专业术语来讲，这叫共气呼吸。

这算是个十万火急的红色警报，意味着他的气已经耗尽。潜伴的最大意义与价值也显现在这一关键时刻，因为你们彼此都是对方的移动备用气瓶。

此时我们就好像是一对双胞胎，维系生命的脐带通往同一个方向。为方便共生呼吸，我与潜伴互相握住对方的胳膊。从他握住我胳膊的手，我感觉到了他的紧张，于是我找出气压表给他看，上面显示我还有 65BAR 气，足够我们完成减压停留并上升到水面。我的潜伴才慢慢地放松下来，最后我们一起顺利地完成了这一潜。

学习潜水的第一天，教练就会告诉你潜伴制度的重要性。大多数情况下，绝不允许独自下水，必须找人结伴而行，男女搭配尤佳，可发挥各自性别的特长。而潜伴在下水前要互相检查对方的装备，因为一旦出现紧急状况，你需要使用对方的装备呼吸。为了确保能在第一时间被找到，备用呼吸头通常用的是顶顶醒目的鲜黄色。到了水下，潜伴要经常确认彼此的位置，最好不要离得太远。

找生活中的另一半难，找一个合适的潜伴更难，巧合的是，两者的要求也差不多。

拍摄：钱堃

首先要门当户对，这是能一起出发潜水的大前提。玩技术潜水（最大深度可达 60 米）的搭伴，玩休闲潜水（最大深度可达 30 米）的结对，双方的水平最好相近，才可以一起挑战差不多的难度。

其次，要不离不弃。在海底迷路时，有人帮你指一指方向；在水流大的时候，伸出帮助对方的手；在空气快耗尽时，对方递来备用的呼吸器。

还有，双方理念要一致。若环保主义者遇到在水中摸鱼抓虾、不停骚扰海底生物的捣蛋鬼，那估计离翻脸就不远了。如果一位无视潜水规则、在水下经常搞出危险状况，而另一位处事严谨小心，那肯定没法玩到一起。

满足以上几点，仅仅只是合格而已。优秀的潜伴，还需要细心体贴、善解人意。在对方拍照时，帮忙拨开一根捣蛋的海草；找到果冻般可爱的海兔，轻敲气瓶呼唤潜伴前来共享；夜潜时，用手电照亮对方想拍的物体……

怎么样，看到这里，你是不是发现，找个合适的潜伴的确很难。

记得我在南美潜水的行程中，因为出发前太忙乱，没有带一粒药就出发了，结果到了目的地大小状况不断。刚好我的潜伴是位有求必应的“小叮当”。于是，我一路分享了他的晕船药、感冒药，末了把腰扭了，“小叮当”还给我了一贴狗皮膏药，真是一位非常棒的潜伴。

潜水圈里的部分男生，还会奢望潜伴能附加一些功能，比如洗衣服、做饭、打扫房间，最好还貌美如花、腿长如鹤等；女生会希望潜伴能一路帮忙提箱子，扛装备，换气瓶，最好还有人鱼线与六块腹肌。

扯远了，话说回来，如果你还单身，在潜水途中又遇到一位符合以上四个条件的优质潜伴，而对方与你一样单身求解救，那就不妨下手吧！

天堂很近，地狱很远

我撒手离开了礁石，想更靠近鱼群，没想到一阵强流吹来，把我直往三十几米深处拽。往下看看，大海深不见底，这股强流不知道会把我带到多深。

我猛踢脚蹼，双手拼命地想抓住前面的礁石，可我的努力似乎一点用都没有，正在危急关头，眼前出现了潜导有力的大手，我在绝境中抓住了救命稻草。

这不是我潜水历程中遇到最困难的局面，只是那一年，我的潜数是50支左右（50次下潜），算是刚刚入门，还不会应付水下太多的状况。

当时下潜的点，是在印度尼西亚的达拉湾。通常这个点的水流只是中等，没想到那天正值月圆，水流比往常强劲不少，再加上我疏忽大意，心理准备不足，差一点就酿成大祸。

不要被我的这段文字吓到，让我们用数字说话。统计数字告诉我们，休闲潜水死亡率为万分之1.63，开车死亡率是万分之1.54，但不要忘记了，大多数人每天都开车，而绝大多数潜水员每年也没有潜几次。

我一直觉得潜水与开车很像。首先，这两者大多数情况下都属于完全由你所控，其次，只要你严格、严谨甚至严肃地对待每一个动作，每一次出行，你就能确保自己的安全且得到一定的享受。但是，如果你忽视、轻视这些基本规则，就可能会酿成大祸，甚至丢掉小命。

还有一点更像的，潜得越多，胆子越小，现在我每次出门前都会做好功课（了解当地的情况，如水流、水温等），每次下潜前仔细听潜导介绍潜水计划。开车也是，跑得越多，就越发小小心心、循规蹈矩。

就我的理解，在确保自身健康的状态下，水下有不少因素会对潜水员造成危险，水流、水温、能见度、水下生物与装备故障，这其中最常见的问题就是水流。

马尔代夫的水流虽然只是中等，但杂乱无章。每次下潜时，潜导会在板子上刷刷刷画出四个箭头，告诉我们流可能会从东面、南面、西面、北面过来，简单地说，就是完全没规律。

而在水下也是一样。有一次突然听见自己的潜水电脑表滴滴报警，我一看电脑表，发现我们一群人正被水流飞快地从二十几米带往十几米（潜水过程中不能上升太快，不然会得减压病）。我立刻一手抓住礁石，另一只手拉住我的潜伴，身体立刻被绷紧，就好像一只撑满的风筝在水流中飘来飘去。这时打脚蹼已经没什么用了，前进完全靠双手在珊瑚和礁石间扒拉前行。爬离了这段上升流，正想放松一下，发现所处的深度不断下降，下降流来了。这就是传说中的洗衣机流，一会上一会下，调皮捣蛋，一点原则都没有。

幸好那时我已经经历了上百潜，遇到这种情况就让自己一直待在离礁石很近的地方，这样随时可以用手固定住自己，同时不停地注意深度表，就完全应付自如了。

著名潜点加拉帕哥斯以流大著名，这里的潜导对付水流有一套很神奇的办法。当你在茫茫大蓝水（四面没有珊瑚礁）中遇到强烈上升流或者下降流时，什么都不要做，你只须慢慢等待，这股水流会让你在水下坐一次过山车，最后把你送回到最初的深度。是不是很神奇？

这与我潜水启蒙老师的理念一致，在水下遇到情况，最重要的就是不要心慌，只要还有气，就先冷静下来深呼吸几下，再做决定。

篇幅有限，很多故事就不一一讲了。请带上一颗平常心，认真地做好每次上浮与下潜。那么，天堂很近，地狱很远。

保护好你的耳朵

2 米、4 米、6 米、8 米、15 米、25 米……我正在不停地下沉，一边看着深度表，一边捏着鼻子不停地做减耳压的动作。每做一次，都会感觉到耳膜往外一鼓，同时耳内轻轻“咔”地一响，压力瞬间得到了释放。

获知我爱好潜水后，我身边的亲朋好友问得最多的问题就是：“在水下耳朵疼怎么办？”

无论你是初学者还是潜水高手，正常人都会因水压而导致耳膜疼痛。但若是你在水下无法解决这个问题，且当时身体状况良好，那一定是你的潜水教学出了问题。

究竟是谁弄疼了你的耳朵？飞机起降时，人的耳朵往往会有不适感，体质敏感的人甚至会出现耳鸣症状，这是因为空气压力变化所造成的。而水的密度和重量比空气大得多，因此水压变化比气压变化要显得更来势汹汹。

当你在水中下降时，体内的几个空腔——耳朵、鼻窦和肺部中的空气都会被压缩。会压缩多少？每下降 10 米，就增加一个大气压，这意味着在 10 米深处，你体内的空气被压缩了一半；20 米深时，空气被压缩成了 1/3；在 30 米深的地方，被压缩成了 1/4。

人的中耳透过耳咽管与咽喉连接，气体可以从耳咽管进出。在我们下潜的过程中，由于周围水压会压缩中耳内的气体，同时压扁耳咽管，进而压迫到鼓膜上。为了抵消这股压力，就要时刻保持耳咽管畅通，才能将更多的气体透过耳咽管吹入耳中，以便恢复鼓膜两侧的压力平衡。

我们最常用的方法是：每下降 1~2 米，捏住鼻子，闭紧嘴巴，轻轻地做一个类似擤鼻涕的动作，专业名词叫伐式。同时这也适用于日常生活中，应对因飞机起降、高层电梯上升时所带来的耳压不适。

这也是为什么感冒时不能潜水的原因，因为口鼻内腔堵塞，空气不流通，无法平衡内压。曾经有位倒霉的潜友，从行程一开始就严重感冒，一直到行程结束吃完了大伙的药才康复，整整八天的行程只下潜了一次，让我们对他无比同情。

这么要紧的事情，有些初潜者竟会不知道？潜水组织规定，如果客人初次体验潜水“潜店”必须告知客人如何在水下做耳压平衡。而国内某些无良“潜店”为了缩短时间提高利润，通常在下水前对于耳压问题含糊其辞，有些甚至压根不提，下潜后根本不顾游客的承受力飞速下潜。果然，用不了十分钟，甚至几分钟，游客就因为耳朵疼痛难忍，提出返回水面。对如此敛财绝招，真有些忍无可忍，初潜者一定要长个心眼哦。

再来说说水下无法平衡耳压，会招致什么样的可怕后果呢？一年前，潜友 Eric 在马来西亚某著名潜点潜水，遇到了一个异常粗暴的潜导，他不顾

Eric 的抗议，飞快地把 Eric 拽到 20 米的深海，造成了 Eric 耳膜穿孔。

事后才知道，这个潜导与潜店老板关系不和，早已打算辞职走人，纯属个案。而此后的一年中，为了保养耳朵，Eric 不得不暂别大海。

一年后的今天，Eric 终于能回归大海。但一个星期的潜水行程，他只享受了四天。因为耳朵发炎，他不得不中止潜水。

对于专业从事潜水工作的人来说，水压会带来职业病。一位年长的潜水教练就告诉我，他这一生经历了几万次下潜，现在听力已经大不如前，接近半聋状态。

最后插播一个有趣的小细节，在修补不当的牙齿内，有时候也会留下空腔，同样会在潜水过程中给身体造成不适。在这里，感谢我的牙医，因为上百潜的经历告诉我，我一口被补过的烂牙内没有空腔。

潜水假期，挤一挤就会有的

我曾在朋友圈内见到一则小故事，深有同感。

“某总，在某著名企业上班，忙成狗，又不怂，成天组织去菲律宾的‘鸡血潜水团’，周五晚上走，周一早机回，回到单位则继续扮演青年才俊。潜水期间每次都倒石膏模一样抹防晒霜，不知道的还以为他要做蜡像。殊不知，他不是爱美，而是怕晒黑了暴露行踪，遭领导和同事的闲话。”

壮烈不？对于没有潜水中毒的人来说，大概很难想象，但对于生活在珠三角地区的潜友，大概不少人都干过这个事情（旅行航程短，机票经常有白菜价）。

我发现，为了潜水假期，“拼了”的小伙伴还真是不少。我曾经在菲律宾遇到过一团从香港飞来的潜友。当时刚好是端午节三天的小长假，几位小伙伴拖着潜水装备去公司，下了班就直奔机场。经过一夜的舟车劳顿，第二天凌晨五点杀到菲律宾的某个小岛，码头上早有潜店的船在此等候。一群人奔至边上的酒店放下行李，舍不得休息便直接冲向潜店，理好装备迎着日出与我们一同出发。

会不会困？当然困。有一位漂亮美眉第一潜没有下水，还有几位上水以后就一直呼呼大睡。等休息片刻，在海底看到美景后，又生龙活虎起来。

他们告诉我，公司的假不好请，只好凑三天的小假过过瘾。他们计划搭乘三天后一大早的航班赶回香港，这样既不耽误工作，也基本保证了两天半的潜水（为了身体健康，潜完水，需要过 18~24 小时才能乘坐飞机）。

如此拼命，我没有尝试过。最多就是半夜 11 点回到上海浦东机场，连夜包车回杭州，第二天一早打着哈欠准点出现在办公室时，脑子里还处于半浆糊状态。

有一位潜水圈的闺蜜，单位年休假时间实在太短。为了批出假期，被迫得各种“病”，一会儿尿路系统急性感染，一会儿心肌炎，最后连小产假都用上了。结果小产假回来，人黑了一大圈，领导关切地问为何肤色变深，闺蜜只好瞎扯说是因为补铁过量所致。

出门旅行多了，遇到同事朋友经常被问：“最近又去哪里玩了？”其实，我也就是普通的上班族，假期全是靠精打细算地硬挤。五天年休假凑上两个周末可以拼成九天，前几年终于熬到了十天年休假，可以凑出半个月的长假，实施一些潜水大计划。黄金周也是尽量不放过，有一次年三十飞去菲律宾，整个航班上没几个中国人，感觉好像是陪着一飞机的菲佣回了老家。

其实，我们年休假的时间制度还挺合理的，刚开始工作时，钱包瘪瘪的，给我那么多天假期，也去不了很远的地方，没啥意义。等我工作十年后，薪水渐长，腰包渐鼓，再搭配一个悠长假期，我才有能力和财力安排上一个大计划，飞到地球的另一端看看这个多彩的世界。

请不要将我们这些为了潜水假期精打细算的潜水员视为不专心工作，不务正业。为了能更好地潜水，我们往往会积极地规划自己的人生，更加努力工作、多多赚钱，保持健康的体魄。我们只不过是对这个世界多了几分好奇心，或者是将周游世界的梦想拆分成若干块，逐年完成而已。

极品教练PK极品学员

从我考出OW（开放水域潜水证）至今，一晃已近十年。昔日的老师已经金盆洗手，成了江湖上的传说，而当年一起玩潜水的好玩伴，有些升级成了潜水教练。前不久，好友老猫的潜水俱乐部开张了。他特地请了一位墙绘高手，在一面墙上画满了各种海洋生物，有点水族馆的味道。

在潜水中毒最深的时候，我也曾经幻想过放弃现在安稳的生活，跑到东南亚某个水清沙幽的小岛，找个“潜店”打工，不仅可以成天潜水，还能赚点钱满足温饱。可一想到把爱好变成职业的种种弊端，最后还是灭了这个念头。

做潜水教练不容易，尤其是OW教练更不容易。面对初次入水的新学员，不仅仅是教几招技术那么简单，还要帮助他们克服对水的恐惧感。

当年我学潜水时，怕水怕得要死。有一次做水下练习，在面镜中灌满水，再通过呼气将水排出面镜时，突然呛了几口水，瞬间惊慌失措，想从十米深的海底冲回水面爽快地呼吸几口气，幸好被我的潜水教练拉住，没有闯祸，不然我有可能得潜水病，但是教练没有因此就放我一马，而是让我平静下来后，再次示范，让我反复尝试，直到熟练掌握为止。

优秀的潜水教练一定是这样的——在教学过程中，他对你完全不讲情面，近乎严苛。因为他不仅要保障你在教学过程中的平安，还要确保你未来潜水生涯的平安。

老猫告诉我说：“最初选择教学，是因为身边的朋友想学，而又找不到合适的教练，想想不如我自己变成教练去教更放心。等当上了潜水教练，发现不得不和一些自己不喜欢的人打交道，又会有点无奈。”不过这些辛苦与无奈，最终还是被“桃李满天下”的成就感打败了。“在毕业了几年之后，我的学生遇到我会说，当年我好恨你啊，都怀疑你是处女座的这么龟毛。可是当年有多恨，今天就有多爱。”

对于这一点，我深有体会。几年前，在菲律宾与一位朋友一起潜水。在浮到水面后，我尝试着用嘴对 BCD（浮力背心）充气，她很好奇地看着我做这个动作，我告诉她，这是我 OW 教练教我的，可她却从未学过。然后我们对比了一下我们所学的技术，她发现好多都没有学过，大呼自己该去回炉重造，而我则窃喜当初反复比较，找了一位负责的好教练。

每一次在水下遇到险情，都会想起教练说的，冷静，深呼吸之后再做决定，每每都能化险为夷。

什么圈子都会良莠不齐，潜水圈也不例外。PADI（国际潜水组织）明确规定潜水必须会游泳，但是，有的潜水教练选择睁一只眼闭一只眼执行；下海捕捞是大忌，偏偏有的教练喜欢带上学生一起动手；有的教练为了追求效率，省略教学环节，轻易地签出了证书等。

既然有极品的教练，也一样会有极品的学生。我的另一位好友，潜水教练蚊子，在大连教学时就遇到了让她哭笑不得的事情。

夜潜之后，大家计划返回岸边。突然间，她发现这些学员一个个都没有按计划行事，而是往深海游去。当时把她吓得不轻：“我看着手电的灯光往四面八方散去，我都傻眼了，瞬间觉得好无助。”过了一会儿，这些学员平安返回，只是每个学员的潜水衣里，都鼓鼓囊囊地塞满了海参。原来他们不差技术，差的只是一张证书而已。

Chapter 7

修成“潜”达人

养成潜水达人不得不知的那些事

“中毒”最严重时，我甚至患上了一种焦虑症。如果未来一年或者半年内没有一个潜水行程在等着我，就会像眼前没有挂着胡萝卜的驴子一样，看不到希望。

蓝色中毒症

我穿梭在五彩斑斓的珊瑚礁间，许多小鱼儿在我身边悠游，忽然眼前隐约地出现了一张黑白斑点的大嘴，一条鲸鲨悄无声息地从一片深蓝中探出脑袋，又甩甩尾巴消失在茫茫大海中……

这时闹钟响起，叫我起床上班。那是几年前，出发去马尔代夫潜水前夕所做

拍摄：衣萍

的梦。曾经有那么几年，只要一段时间不潜水，我就会在梦里会一会那片深蓝。

第二天在潜水群里分享昨晚的梦，竟然大多数潜友都有相似的梦境。这是典型的潜水“中毒症”的症状之一。一般多发于潜水初学者，症状持续的时长视个人情况而定，有些人两三年，有些人六七年，有些人一辈子——最后治不好了，直接改行从事潜水业！

除了经常梦见自己在潜水外，我往往还伴有以下几种症状，某些情形和驴友颇为相似。

出门旅行，首先是机票。于是，行程刚结束，皮肤还是黑黝黝的，空下来就忍不住刷各大“廉航”的官方网站，同时订阅航空公司的促销邮件，每次看到机票地板价就各种心痒，忍不住下手。

出游计划应该早安排，像我，明年一整年的行程，今年已经全部计划好，定金都已交付。若是黄金周即将来临，还未有出行计划，心里就七上八下感觉人生无望。随着目的地越来越远，有些热门的潜水圣地提前一年就需要筹划。那些生活在热带岛屿上的幸福人儿，工作节奏慢得出奇，一封邮件往来通常需要一周十天。为了安排好一次行程，不得不早早计划。

如果海里不能潜，那我就在潜水论坛里潜。刚学习潜水的那几年，国内关于潜水的资讯还不多，经常没事就去潜水论坛上泡着。渐渐熟悉了一些名字，再后来将这些熟悉的名字与真人一一对上了号，大家一起结伴出行，成了亲密的老友。

去附近有水的地方解渴。当潜水中毒症严重到一定程度，看到个水塘都会想背起氧气罐往下跳（我曾经研究过西湖里到底能不能潜水这个问题）。深圳广州的朋友沿海而居，虽然附近的海域能见度差、生物少，但不少人会选择周末驱车百里去潜水。江浙沪的潜友，通常会选择去千岛湖会会包头鱼，或者是苏州海洋馆的潜水池，就连如黄泥汤一般的东海，都有潜友尝试着潜水。当然，在未被开发的水域潜水，带有很大的危险性，要谨慎选择。

每回潜水行程我都是“拼命三郎”。有些潜店会提供一些免费气瓶，只要你 HOLD 住，一天想潜十次都没问题。江湖上曾经传说一位潜友在马来西亚的仙本那一天玩了七潜，后来他告诉我其实是六潜。我的最高纪录是一天四潜，辛苦而幸福。

如今，我的“毒瘾”已渐渐消退。今年年初，几位潜友破天荒地安排了纯陆地行程集体出游，但话题总离不开潜水。

“毒瘾”已退的我，不会再如卖苦力一般地拼命潜，不会每次出行都必须安排潜水，连潜水的梦都渐渐少了，但我会思念潜水圈的小伙伴，会一如既往地爱着那片深蓝，会把潜水当成永远的爱好。

水下沉船，另一个活着的世界

“要是在黑乎乎的船舱里，突然看见一具人的骨架，是不是会吓死？”“才不会，如果这一潜的船内保存有船员的残骸，当地潜导一定把这个当成这艘船的特点提前告诉我们，潜到几米处，大概在什么位置，可以见到头骨一个。我记得KANSHO MARU上的舰桥里有个手术台，上面有一堆长短不一的人骨，估计是大家一根根捡了收集过来的。”蚊子一边说，一边眨巴着眼，长睫毛呼扇呼扇的一脸兴奋样。

蚊子是沉船潜水爱好者，沉船潜水是技术潜水中的一类，相较于休闲潜水来说，专业度更高，风险更大。高级沉船潜水员可以进入船舱内的封闭空间一窥究竟，那里面有巨大的锅炉，有狭窄的通道，有密集的引擎设备，还有多年沉积的厚厚灰尘。沉船的深度也不一，20米、30米、60米，甚至更深（休闲潜水只能30米），背的气瓶一般都是双瓶。

这些沉船大多是第二次世界大战时留下的战舰，大的长达百余米，船舱内的部分空间黑暗狭窄，动作幅度稍大就会扬起大量尘土，能见度瞬间归零，要有很专业的技能才可能摸着出舱。还有更可怕的，有些船舱内，还留有当年的大量炮弹与鱼雷，有些引线还保存完好，若是不慎踢到，后果想都不敢想。

我曾经在帕劳海底见过一条“二战”时期日军被炸沉的战舰，长约60米，宽10米，“二战”时被美军在“亵渎行动”中击沉。时过境迁，现在这条战舰已经被软、硬珊瑚厚厚覆盖，成了鱼儿的家，只有船尾那个被鱼雷击中的大洞和船头巨大的炮台标识着它曾经经历过一场血战。

战舰附近扬尘特别厚，能见度也只有2~3米，这次下潜是我潜水记录中，能见度最差的一次。我小心翼翼地绕着船游了一圈，用手电往船尾那个黑洞洞的大洞里扫了扫，心中不禁疑惑："能见度那么差，里面看起来阴森恐怖，玩沉船潜的人，怎么敢往里钻呢？不怕惊扰到里面的亡魂吗？"

听听蚊子怎么说："船舱里并不都是黑漆漆的，在楚克，水下能见度非常好，你可以在船舱内，看到一束束蓝色的光从一排舷窗外射入，投在船的通道中，宁静而美好。"

楚克环礁位于关岛以南一千公里，是"二战"期间日军在太平洋上重要的战略枢纽。1944年2月17~18日，美军"冰雹风暴"战役横扫了这里，60多艘战舰和商船，275架飞机葬身这片海域。没想到半个世纪过去，这片海底坟墓成了船潜爱好者的天堂。

"感觉就好像在逛博物馆，有时候一艘百米长的战舰，我探索了十多次都逛不全。穿过甲板，搜索着引擎室、锅炉房、指挥室、厨房、餐厅、浴室，就连厕所都很有趣，我看到一排抽水马桶，还会游过去模拟一下水下便便。可以看到很多当年水兵们用过的小物件，一辆自行车、一个酒瓶、一个碗、一封信、一帧姑娘的倩影。我会好奇那个时候船员是过怎么样的生活，喝哪一种酒，用什么样的酒具。"

除了好奇外，还有代入的情绪：想象自己当年也在这个船上，当炮弹密集坠落下来把船炸裂，水从洞口漫进来，会是怎么样的心态，或许有临死前的恐惧，或许有早已参透生死的坦然。

潜游在安静甚至寂静的船舱中，当年那末日般的场景又浮现于蚊子的脑

拍摄：阿笨

海里：“爆炸让整个船变得扭曲而狰狞，撕裂的钢板，断裂的管道，四处垂落的电线，到处散落的物件，然后缓缓沉入大海，定格。”

想来，从烽烟弥漫、炮声四起的海面沉入水底，从一船鲜活生命到寂静永逝，不过轰隆几声、短短一瞬，便是生死之隔。

这，就是所谓的穿越时空、阴阳交汇的感觉吧！

埋葬生命的龟冢

我置身于黑漆漆的洞口，调整身体的浮力一点一点地下沉，让自己慢慢地被黑暗吞没。幸好，这不是一个全封闭的洞穴，眼前有着依稀的光亮。我似乎正在慢慢地穿越一个 20 米长的时光隧道，甚至意淫着自己正在奔往极乐世界，神秘又刺激，期待中还夹杂着小小的恐惧。

随着深度的不断递增，光线也越来越暗。降到洞底，周围的空间豁然开朗。继续往前游，原来这里有好几个大小不一的出口，微弱的光线撒入洞内，而巨大的石壁变成了美丽的剪影，讲述着大洋深处的奇妙。

这是帕劳的著名潜点 blue holes（蓝洞），也是我唯一一次类似于洞潜的经历。

洞潜，是潜水中难度最高，挑战最大的一种。技术娴熟者，可以尝试结构简单的半开放式洞穴，而难度稍高的封闭式洞穴，则需要重新培训考证方能前往。

对于休闲潜水员来说，接触最多的，就是位于马来西亚诗巴丹的龟冢。龟冢的洞口，竖着一块牌子，上面画着大大的骷髅，警告休闲潜水员不要随便进入。据说当年有两位潜水员在洞内遇难，被找到时，发现他们的气瓶中都还有剩余气体，那生死片刻究竟发生了什么，已经无法考证，但龟冢就此被打上了大大的警示牌，成了神秘的禁区。

拍摄：衣萍

记得我去的时候，那块牌子上的图案已经被海水腐蚀得有些模糊，但龟冢的吸引力并不因此打折，大家都在洞口探头探脑地观望了好一阵子。

龟冢的神秘，来自于洞内的60多具海龟残骸，此外还有一些海豚等大型鱼类的骨骸。奇怪的是，这里的龟骨都非常巨大，属于成年体型。于是，江湖上就开始传说这是海龟家族的一个坟墓，就如象冢一样，海龟在年老后，便用尽最后一点力气游入龟冢，在这里独自静候死亡的到来。

据去过的人介绍，龟冢内部分成三个结构。入口处是十余米高的“大厅”，“大厅”的一角有着细长而狭窄的通道，长度约八米，通往“教堂”。正如其名，“教堂”是一个带着拱顶的长廊般的通道。这里并没有太多的生物骨骸，只有厚厚的细沙。若潜水员稍有不慎，搅起了细沙，那接下来的几个小时内，都只能靠摸索前行了。

“大厅”内还有另一细长隧道，通往的便是龟冢。龟冢内并不是黑漆漆的，而是有着一方小洞，被称为“天窗”，潜水员若是不穿装备，便可从此勉强出入。这60多具龟冢，遍布于洞底、岩石上，甚至岩层间的坑洞里，蒙着尘埃，散发出诡秘的气息。

由“天窗”而衍生出的另一个说法，显然就没那么浪漫了。诗巴丹是海龟的出生地之一，无数海龟在这里产完蛋以后，精疲力竭，无意中游进了“天窗”在龟冢内休息。结果等天黑以后，找不到出口，迷失在了迷宫般的复杂空间里，最后溺死在洞内（海龟是用肺呼吸的，每隔一段时间就需要回到水面来换气）。

浪漫故事的背后，往往有着现实而无趣的一面，龟冢也不例外。最近听闻朋友讲起，一位当地著名的潜水教练，曾经在酒足饭饱之后与他得意地吹嘘过，这些乌龟的残骸都是他亲手放进去的，目的就是增加一点这里的人气。真是让人大跌眼镜！

据说龟冢里的残骸基本上都是20世纪留下的，所以这些说法哪个是真，哪个是假，现在已无从考证。就如“少年派”的结局那样，版本诸多，愿意相信哪一个，全凭自己。

非土豪专享的潜水运动

前段时间看林兆华的话剧，舞台上一位有钱人的代表说：“我们现在都玩点健康的，比如登山潜水什么的。”作为一个玩潜水多年的普通小白领，听到这句话，不由羞涩地偷笑，难道我算是混入了土豪圈？

潜水究竟有多贵，算不算土豪专享？给大家算笔账就明白了。菲律宾是潜水性价比最高的去处，通常一次行程的花费可以控制在6千~8千元，其他泰国、越南、马来西亚等一些潜点，总体消费也可控制在一万元以内。如果能抢到特价机票，还能省下几千块。

要是把预算提升到1万~2万元，那可选择的余地就更大了，马尔代夫、印度尼西亚、帕劳、日本、斐济甚至还有埃及红海。

狠狠心，下点血本，把预算提升到3万~5万元，可以去一些Discovery级别的景点，到南非看大白鲨的烂牙，欣赏沙丁鱼被海豚、旗鱼、鲣鸟围剿的重口味画面，在夏威夷与manta跳贴面舞，在汤加看座头鲸泡妞，在加拉帕戈斯与几百头锤头鲨一起共游，在墨西哥坎昆潜入神秘的地下河与洞穴……

再高级一点，那就有些土豪消费了，去南北极冰潜，仅船费就是4万~5万元，前期需要大量的训练，装备也要全线升级（需要穿价值数千元的干衣下水，才不会被冻死，呼吸调节器需要冰潜专用的），时间跨度在半个月以上，这个预算离小白领有些遥远。

以上写的价格均包含了机票，吃住都是大众消费，对于想要坐头等舱、住五星级酒店的土豪来说，没有任何参考意义。

其他与潜水有关的费用，比如考初级潜水证的费用，在3000元左右，进阶潜水证的费用是2500元，一套潜水装备是1万~2万元（不用了还可以转手卖掉）。

在东南亚游遇冷、欧美游大热的今天，这个预算不高，而且潜水的海岛可以享受到原始的海滩、无敌的海景以及价廉物美的海鲜，性价比挺高的。

换个角度来说，潜水能省一笔购物的费用。每天面对着茫茫大海，身后是原始小岛，我的信用卡毫无用武之地，甚至连花钱的机会都没有，不像去欧美国家，时尚的包包、鞋子、衣服、首饰扯着我的脚，让我走不动道，口袋里的信用卡被街边的美丽橱窗诱惑到吱吱地叫。

潜水对于费用的要求不高，但有其他诸多硬件的要求：能给自己预留出足够的假期，每次出行起码要在一周时间以上；要有良好的体质，高血压、心脏病患者不能潜水，感冒的时候不能潜水，过于肥胖的人在水下耗气很快。我认识的一位潜友，在玩潜水之前，是个200斤的大胖子，爱上潜水之后，就坚持健身减肥，最后练出了人鱼线，成了帅哥一枚。

除了硬件要求外，还有软件的要求。或许是个爱学习的人，一把年纪了

拍摄：衣萍

还跑去上课考试；或许是个好奇的人，想去了解海平面以下的世界；或许是个爱自然、爱生物的人，潜水之余还研究生物名称和习性；或许是个爱美的人，看到水下五彩斑斓的珊瑚花园陶醉其中；或许是个爱运动的人，在水下体会做一条鱼的快乐……本人嘛，虽然是个运动白痴，但符合以上二、三、四条。

潜水运动，非土豪专享，起点不高，要求不低，拒绝任性。

女汉子的难言之隐

“Sala，怎么办？我明天没办法去潜水了。”提前到来的“大姨妈”，愁得我“翻了一夜煎饼”，一晚上没睡好。好不容易凑出假期出门潜水，难道结局是望洋兴叹？我一大早就打电话给我的潜导，问问她有没有对策。“交给我吧，没问题的！”Sala 安慰我。

于是当天上午我们改变了行程，她带着我去了当地最大的超市，在那里她推荐给我一款适合在水下使用的卫生棉。于是，难言之隐轻松解决了。

这让我想起好多年前在电视上看到的某个广告。几位妙龄女郎穿着比基尼坐在游泳池边，其中一位因为不能下水游泳做痛苦状，另一位安慰她：“你还在用那些累累赘赘的卫生用品啊。”然后拿出一个小盒子，神秘地一笑，欢快地跃入水中。

最开始，我没看懂这个广告，因为还小，再后来我明白了这广告的内涵，当时觉得这类需求离我很遥远。现在突然发现，这的确是一个造福人类的发明，只可惜，比起国外，国内可选择的产品种类太少。

一个月是 30 天，生理期通常是 5~7 天，潜水期往往是 6~8 天，所以两者相撞的概率还真不小，几乎所有热爱潜水的女性都会遇到这个尴尬事。

若非亲身经历，一定会觉得不可思议。因为在我们国家的传统理念中，生理期有着诸多忌讳，不能运动，不能喝也不能碰冷水，在北方甚至连洗澡都不行，更不用说，背着重重的装备跳入大海潜水。

潜水让我对自己的身体承受范围，有了新的认知。就我个人而言，在生理期，会由于身体疲惫而减少潜水的次数，但潜水从未对身体造成不良影响。当然，这几天我需要更注意保暖，在水下带上头套保护体温，回到陆地后，让厨房泡上一杯热热的姜茶立刻喝下，此外还要注意避免湿着头吹海风。因为我平时的体质就比较寒，所以无论是否处于生理期，这些细节我都会注意，以确保在潜水期间良好的状态。

大概爱好潜水的MM，都有女汉子的基因，所以我还没听说哪位女性因为生理期而放弃潜水的案例。当然，生理期对个人的影响因人而异，那些疼到起不了床的，就另当别论了。

生理期潜水是否会对女性身体尤其是妇科方面造成影响？幸好我们潜水界人才辈出，我的一位潜友是妇产科医生。他给了我这样的建议：如果你近期打算要个宝宝，那建议你要避免这样做，因为在生理期潜水，可能会造成一定的炎症，从而影响你的造人大计。但这个炎症不会影响到日常生活，所以大多数人都可放心地在生理期下海畅游。

如果你是孕妇，那不建议在孕期下海潜水。因为孕期潜水会对胎儿造成什么影响，至今还未有正式的定论。

拍摄：衣萍

活到老，潜到老

有朋友问："我的父母60岁了，身体都不错，会游泳，我可以带他们去学潜水么？"我说："潜水，与年龄无关！"

2006年，我第一次在泰国斯米兰船潜，船上一对日本银发老夫妇格外引人注目，和他们聊天之余我了解到，他们的年龄加起来已经超过150岁，玩潜水已近40年。至今回想起来都让人羡慕不已，羡慕他们到了古稀之年依然保持着强健的体格，羡慕他们的晚年生活多姿多彩，更羡慕他们有着共同的兴趣爱好，加深感情，携手一生。

之前，我一直以为潜水这类极限运动是年轻人的事情，但这对老人用实际行动证明：有梦想的各位，再也不要用年龄当借口了。

潜水对最小年龄有规定，通常要求在10岁以上，但对最大年龄没有限制。正常情况下，45岁是一个坎儿，超过45岁就需要医生开具书面证明，身体条件是否允许潜水，如没有高血压、心脏病、心机梗死、糖尿病、高胆固醇等疾病，就放心潜吧。

我的潜友里有不少高龄潜水员，他们虽然已过花甲之年，但玩得比年轻人还疯！上海60多岁的林博士，是我们潜水圈的牛人。他不仅跑遍了

拍摄：衣萍

全世界的著名潜点，还到了北极、南极白茫茫的冰雪大地，在冰面上钻出一个洞，跃入海中玩起冰潜；在亚马逊浑浊的河流中，寻觅让人毛骨悚然的巨蟒，与粉色河豚玩亲亲。当我问到他年龄的问题时，他回答：“不要以为我是一只脚跨入棺材的人，年轻没什么了不起，谁没年轻过，可你老过吗？”

去年在南美遇到的老付，是一位中学教师。小麦色的皮肤，匀称的身材没有一点肚腩，要不问年龄，一定以为他才 40 多岁。没想到他得意地告诉我，他已经 60 岁了。在遇到我们之前，他已经在美国和墨西哥做了一个月的独行侠。要知道老付几乎不通英语，他是怎么解决一路上各种问题的，我真是难以想象。不过这对于老付来说不是什么问题，因为他的寒暑假都是在旅途中度过的。那次行程，一共只有三个全勤奖（每潜都下水），老付就是其中一个。

更厉害的还有，曾在某潜点遇见英国老妈妈 Pat Fung，潜导跟我说，她已经 75 岁了。7 年前，68 岁的她第一次在马尔代夫度假村尝试潜水后，就欲罢不能了，至今她已潜了 400 多瓶气，准备晋级为祖母级的潜水教练。

据说还有位 85 岁的新西兰老妈妈 Joyce，每年 5~8 月都在斐济看鲨鱼，那里有一条虎鲨，就是用她的名字命名的，叫 Lady Joyce。

身体就好像是一台机器，只有好好保养，才能正常运转。前面提到的林博士和老付，都有坚持锻炼的好习惯。林博士每天游泳或跑步，老付是冬泳爱好者。

或许是爱运动才会爱上潜水，或许是爱潜水才更加体会到坚持运动的重要性，潜水圈内大多数人都把锻炼纳入计划，成为日常生活的一部分。

我是后者，我的目标不高，不过是到了 60 岁还能潜水。请你换上慢跑鞋，跟我一起跑跑吧！

拍摄：五年级七班 Sandyyou

Chapter 8

玄幻的蓝色梦 _ 这一切比梦境更不可思议

飞机带着我和我的潜伴，迅速地划过 Galapagos（加拉帕哥斯）的海岸线，八天船潜的经历，对于我来说，仿佛是一个蓝色的梦。在梦里，有数百条锤头鲨列队通过，上百条海豚在我们的潜船附近的海域欢腾跳跃，十余米长的怀孕的鲸鲨华丽地路过，小海狮好奇地冲到相机前轻啃镜头。一切真实又梦幻，甚至比梦境更不可思议，我是多么幸运，见到了大自然如此美好的一面。

Galapagos：一个蓝色的梦

飞机带着我和我的潜伴，迅速地划过 Galapagos（加拉帕哥斯）的海岸线，八天船潜的经历，对于我来说，仿佛是一个蓝色的梦。在梦里，有数百条锤头鲨列队通过，上百条海豚在我们的潜船附近的海域欢腾跳跃，十余米长的怀孕的鲸鲨华丽地路过，小海狮好奇地冲到相机前轻啃镜头。一切真实又梦幻，甚至比梦境更不可思议，我是多么幸运，见到了大自然如此美好的一面。

Galapagos 群岛是厄瓜多尔位于太平洋、距陆地本土 1000 公里的一个省，由十几个火山岩岛屿组成，人口不足两万。她还有一个更有名的名字——达尔文岛。1835 年，达尔文来到此地，受岛上特有的生物链启发，写出了著名的《物种起源》。

从中国地区去 Galapagos，在地球仪上看，我几乎是走了一条对角线。48 小时马不停蹄地转机，30 小时的实际飞行时间刷新了我的旅行纪录，挑战着我的生理极限，不过，这只是开始。

“四目相对”的游戏

若干年前，我从一个纪录片中获知了地球上还有这样一处神奇的所在，便在我的“遗愿清单”中加上了这一项。今天，当我终于得偿所愿踏上这片土地，与海狮、蓝脚鲣鸟、海鬣蜥近距离地玩“四目相对”的游戏时，发现这里比预想的更神奇，自己好像是一脚踏进了纪录片中。

Galapagos在西班牙文中的意思是“龟岛”，这缘于1535年，西班牙人第一次来到这里时，发现岛上到处都是巨大的海龟，就给这个群岛取名为“Galapagos”。这里有着太多的独一无二：唯一能生存在赤道的企鹅、300种植物、28种鸟类、24种爬行动物，都是世界仅存的物种。1978年被列入“世界遗产目录”，故Galapagos又被人称作“独特的活的生物进化博物馆和陈列室”。

刚刚踏上Galapagos的土地，稍稍补眠后我便迫不及待地出发了。

San Cristobal岛的最大看点是海狮，果然出门才走了三分钟，我就在海边的长凳上看见三五个海狮睡成一团，看个头好像是一家子。趁它们酣睡，我偷偷地与这一家子合了个影，后来发现这里的海狮根本不怕人，你对着它咔嚓咔嚓拍照，而它就是睁开眼睛懒懒地一瞥，然后继续呼呼大睡。

这里的海狮比流浪猫还多，海滩边、堤坝上、码头旁甚至是道路中间，处处是睡得四仰八叉的海狮，靠得近一点还能听见呼噜声。或许是我靠得太近，有几头海狮张开大嘴并试图追逐我，不过这些家伙在陆地上根本就是个

拍摄：老戴

废物，笨手笨脚的，行动力极低。

在陆地上是我们观察它，到了水下，我们和海狮的角色就互换了，变成被它研究。这家伙在水中游得速度飞快，好像一个小炮弹，性格也变得自信满满，充满好奇！它最爱做的事情就是迅速冲向你，把乌溜溜的大眼睛和一脸小胡子几乎贴到你的面镜上，好奇地打量着你。正想要和它好好交流一番，它就灵活地摆摆身体从一群潜水员身边穿梭而过，似乎在说："别看我在陆地不行，这会儿看我多牛多帅，傻眼了吧！"甚至有一只小海狮冲到我们的镜头前，轻轻地啃了一下试试口感。仔细观察一下它手脚的造型，就像是穿了潜水脚蹼，你就不奇怪它在水下的轻快自如了。

San Cristobal 岛除了有海狮外，海边的岩石上密密麻麻地爬着红蓝相间的大螃蟹，还经常可以见到发呆的鹈鹕。有人居住的岛屿尚且如此，无人小岛又有着怎样的风景？

拍摄：五年级七班 Sandyyou

我们很快在游客必到的景点 Isla Seymour 找到了答案，踏上这个小小的无人岛，似乎穿越到了几万年前的地球。这里的生物完全不怕人，鸟直接地把巢筑在地上和低矮的仙人掌上。为了保护好生态，游客必须跟着导游严格地按照指定线路前进，并在指定区域内活动，更不可以喂食。

先从我最喜爱的 Galapagos 纪念品中最常出现的明星物种——蓝脚鲣鸟（Blue-footed booby）说起吧！顾名思义，它的脚就好像被蓝色油漆刷了一遍，瓦蓝瓦蓝的。雄性鲣鸟的脚丫越蓝，说明捕食能力更强，身体更健康。因此，雄性在向雌性求偶时，必须向雌性秀自己的脚，于是便进化出一种秀脚丫的求爱舞蹈来：先慢慢往外撇出右脚，在空中划出 90 度弧线后落下，然后再是左脚，节奏又慢又呆萌。

鲣鸟和海狮一样，属于陆地上的呆瓜，水里的英雄。我们有幸观看了鲣鸟打猎的奇景。数百只鲣鸟先是在水面上空几十米的地方一字排开，突然间

拍摄：五年级七班 Sandyyou

集体行动，如雨点般次第的头朝下冲进水中，就好像一排排利箭向鱼群射去。据说它们扎进水里的速度可达 97 千米 / 小时，入水时产生的巨大声响，能把水面以下 1.5 米处左右游动的鱼震晕。为了抗击强大的冲击力，蓝脚鲣鸟的头变得非常坚硬，脖子也特别粗。当然，每次入水都有生命危险，要是位置和角度不好就会折断脖子而丧命。不一会儿它们又回到空中，继续保持刚才的队形，直到再次发现鱼群。

雄性军舰鸟（frigatebird）正站在树梢上，秀着脖子下方硕大的红色“气球”。平时，雄性军舰鸟的脖子下面有个不太起眼的红色喉囊，在求偶季节，它会把喉囊灌满空气来吸引异性。巨大的气囊要大过军舰鸟的身体，让它不得不一直仰着脖子，为了能吸引异性注意，它拍打着翅膀唱歌跳舞。这时候雌性军舰鸟就会在嘴里咬一根树枝，在这群“红气球”上空来回盘旋打量，当她选中了哪位“帅哥”，就会把树枝当作爱情信物交给雄鸟。

这个岛上最上相的要数一种黑色的海鬣蜥（Lguana）。小家伙虽然个头不大，但总是一副特有内涵的样子，喜欢面朝大海眼神深邃地发呆，偶尔还喜欢一群紧紧地聚在一起，一动不动、一声不吭地凝望远方，真像外星人开会。

最初踏上这个小岛时，大家见到各种生物都要激动地拍个半天，到了最后，已经是见怪不怪了，最多停一秒看一眼，连相机都懒得举。

至于让达尔文受到启发而写出生物进化论的主角，其实是一种长相类似麻雀、极其不起眼的雀科鸣鸟（Drawin Finch）。这种鸟是来自南美大陆的古老品种，移居至此后，进化成 13 个品种。达尔文发现是这类鸟长着 13 种不同的嘴，它们分别因为食用蝴蝶、

拍摄：五年级七班 Sandyyou

蚂蚁、植物、种子等不同的食物，进化出了13种不同的鸟喙。

我们在Santa Cruz岛上还邂逅了象龟，每个直径都接近一米，只可惜在一年前，象龟家族中最著名的平塔岛龟“孤独乔治”已经去世了。乔治于1971年在平塔岛（Pinta Island）上被发现。当时，岛上的植被已经被外来的野生山羊所破坏，它成了仅剩的一只。出于保护目的，乔治被安置到了达尔文研究站中，与两只其他亚种的雌龟一同饲养以繁殖后代。然而，尽管科学家屡次试图帮助它繁衍出下一代，但都以失败告终。2012年6月24日，Galapagos国家公园发表声明，“孤独乔治”已经死亡，又一种动物从地球上永远消失了。

在伊莎贝拉岛（Isla Isabela）的西岸，还可以见到唯一生活在赤道北部著名的Galapagos企鹅。由于受到秘鲁寒流和太平洋赤道暖流的共同影响，这里的环境气温远低于赤道其他地区，这才使得企鹅可以在此生存。Galapagos企鹅是地球上体型第三小的企鹅，是唯一涉足北半球的企鹅，表示它们比任何企鹅生活的地方都要更北。

拍摄：五年级七班 Sandyyou

锤头鲨，又是锤头鲨

“At this point，we can see hammerhead，sea lion ...（在这个潜点，我们可以看到锤头鲨、海狮……）”潜导如此介绍。“又看这个，没新意啊！”对于连看了几天锤头鲨的我们，又听到这个单词，实在有点审美疲劳。

对于大多数潜水员来说，在水下能与这种长着斧头状大脑袋、体型庞大却害羞敏感的生物相遇，是无比难得的经历。在有些潜点，锤头鲨偶尔会在50米甚至更深的地方活动，曾经有休闲潜水员为了看一眼锤头鲨，疯狂地下潜到40几米。

而Galapagos的“主菜”就是锤头鲨，大部分潜点都可以见到。尤其在达尔文拱门附近，从下水第一眼到做五米停留都能看见，可以说是看锤头鲨看到吐。你可以侧视、仰视、俯视各种角度的看，没看到近百条列队通过都不算来过Galapagos的。

最著名也是最难到达的潜点就是达尔文拱门。在开足马力，航行了整整20小时之后，我们似乎来到了天涯海角。这是一处位于Galapagos群岛以北百余公里的孤零零小岛，边上有一块巨大的n型岩石拱门，也叫达尔文拱门。这里无人居住，是鲣鸟的家。潜水员想要来这里潜水，只有船潜一种方式，在千辛万苦到达后，通常会停留两天（也只能停留两天），每次都在拱门附近下水，所以出现审美疲劳在所难免。

拍摄：潘迎久

拍摄：五年级七班 Sandyyou

最初几潜的情况都差不多。每次刚下水一把头按进水里，就能看到锤头鲨在海底活动，最开始当然很兴奋啦！

慢慢潜到二十几米的位置，锤头鲨的数量就多了起来，往往一眼可以看到几条甚至几十条。刚开始，锤头鲨会游的离你非常近，一米甚至半米，你可以清清楚楚地看见它那只位于斧头脑袋顶端的小眼睛，还有身上的疤痕、咬痕。这家伙体型那么大（3~4 米），但胆子却很小，气泡就能让它跑路，所以在它靠近的时候，尽量慢慢吐气，还不能有太大的动作。虽然我们尽量轻手轻脚不发出太大动静，但每次在珊瑚礁旁停留几分钟后，锤头鲨就离我们越来越远，甚至不见了。

这不奇怪，锤头鲨斧头状的脑袋头部有左右两个突起。每个突起上各有一只眼睛和一个鼻孔，这样造成它的两只眼睛相距竟有一米之远。最近的一项研究证实，眼睛这样的分布对它观察周围情况非常有利。锤头鲨不仅像人类一样拥有双眼视力（两只眼睛的视野重叠在一起），而且它通过来回摇摆脑袋，可以看到周围360度范围内发生的情况。所以我们再小心，也逃不出它的视力范围。

不过在这片海域，锤头鲨实在太多了。只要你换个角度观察，或者不经意地转个身，就能发现锤头鲨的影子。尤其是在顺着水流慢慢飘的时候，一路都有“大泥鳅”相伴。

只和小群的锤头鲨偶遇太不过瘾了，这毕竟是在Galapagos！怎么样也该浩浩荡荡地来一回吧。终于，在Drawin的第八潜，也就是最后一潜，大片上演了！

铺天盖地的锤头鲨，密密麻麻地说来就来了！好像是外星人入侵，又好像是阅兵式，浩浩荡荡地在我们眼前走了十多分钟，此时大概很多人都在脑海里给这画面配上了星战里的音乐。QQ举着摄像机连拍了五分钟手都举酸了，老付看着这队伍太壮观，觉得一时半会完不了，就找了块石头坐下慢慢看。

回到船上，Sandyyou又激动又有些担心，“你说这以后看啥还能让我激动啊！”老潘说：“这阅兵仪式待遇高，刚开始认为自己是个连长，后来成了团长，最后当走了10分钟还没走完，我发现原来我是首长。”

算算我们一共看见了多少条，几百条是起码有的了，近千条都有可能。当他们聚在一起时，显然就胆子壮大了不少，有几条是贴着镜头游过去的。看着看着，我们突然听到一个尖厉的声音，这些锤头鲨立刻“嗖”的一下，集体消失不见了。潜导说，这有可能是虎鲨的叫声。

在 Galapagos，只有一种情况可能会让潜水员失望而归，那就是厄尔尼诺现象。在厄尔尼诺年，秘鲁寒流的水温不再冰冷，这一海域海面三十米的水温从 20 度左右变成了近 30 度，以往存活于寒冷水域的微生物纷纷死亡，鱼类为了获得足够的食物，纷纷游到三十米甚至更深的海域。这个时候，潜水员活动的海域可看的生物就大大减少。当然，暖流带来的危害不仅仅如此，Galapagos 岛上存活着大量依靠捕食鱼类生存的鸟类，如鹈鹕、鲣鸟、军舰鸟等，每到厄尔尼诺年，鸟类因缺少食物而大量死亡，岛上的生物链会备受考验。每隔十余年，厄尔尼诺就会来一次，目前已经有十多年没有来过了。

水下也有阅兵式

刚来到潜船上，我们一起憧憬着 Galapagos 水下该有多棒，我开始天马行空："什么都该是一群群地出现，而且必须是列队通过的那种，先是海豚、海狮打头阵，接着海狼风暴呼啸而来，再是 Eagle ray、Manta ray 满海翻飞，紧跟着是 Galapagos 鲨、丝鲨、锤头鲨组成的方阵浩浩荡荡通过，最后鲸鲨华丽压阵。"

现实和想象一定是有距离的，只不过现实永远比想象更精彩，尤其是在神奇的 Galapagos。到达尔文拱门的第一天，刚吃完午餐，突然听到有人喊"海豚"。大家跑到甲板一看，一大群海豚正从我们船边路过，偶尔调皮地跃出水面翻个跟头。往远处望去，好多个海豚的背鳍在水面翻腾，再看前方、右边，到处都能发现海豚。茫茫一海域，初步目测起码有上百头，我们简直是被海豚包围了。

我决定，上小艇出发追海豚去！

与其说是追海豚，不如说是被海豚追，这些调皮的家伙，最爱玩的就是你追我赶的游戏。出海没多久，正当我疑惑海豚跑去哪里时，往船头下一看，几个灰白的身影迎着水流游得正欢，原来是一群海豚正和我们赛跑。我让船工稍稍放慢速度，它们便游到我们的船头前方，炫耀般地轮流跃出水面，似乎在说："怎么样，我赢了吧！"

在水面看到海豚容易，要在水下看到，就很难得了。一次在做5米停留时，突然我的眼前一花，一大群海豚跑进我的视线，迅速地消失在深海，还没等我欢呼就已经消失不见，直至今日，回想起来都恍若梦境。

Eagle ray是水中的飞鸟，因为头部外形像老鹰而得名。它一般喜欢在大水流的地方出现，离珊瑚礁远远地顶着流却一动不动，如空中翱翔的雄鹰，是摄影师的最爱。

在狼岛的水下，我们和Eagle ray跳了一次贴面舞。这里是鹰鳐的清洁站，它们喜欢在珊瑚礁上来回慢慢飞舞，一点也不怕人。一开始，我还激动地追着Eagle ray跑，到后来我发现只要趴着慢慢等，这些家伙会主动地游到面前。我终于看清了Eagle ray的脸，果然是距离产生美，这个远看优雅的家伙，近看长得有点丑，白白的脸颊上长了一个猪鼻子。有好几次，Eagle ray紧紧地贴着我的面镜飞过，我甚至可以看见它翅膀下几片鳃呼扇呼扇的样子。

海狼风暴算是这次行程的意外收获。“叮！叮！叮！”潜导在前方示意我们：“有动静！”顺着声音游去，丝毫不夸张地说，我似乎看见一堵黑黑的墙朝我压来。随着这堵黑墙慢慢靠近，谜底揭晓，是密密的一大团海狼群。这里的海狼比东南亚的个头要小不少，但数量上绝对大大赶超了。等我回过神来，发现自己已经被鱼群团团包围，前后左右都是鱼墙。突然，眼前一亮，一条金枪鱼凭空钻出一个鱼洞穿梭而来，过了一会儿，海狼群中又闯进一只海狮。我身在其中，感觉好像是海狼群布下

拍摄：潘迎久

天罗地网，勇斗水中两员大将——金枪鱼和海狮，不见刀光剑影，但见排兵布阵瞬间天地混沌。

鲨鱼一直是我们潜水员喜欢并追逐的对象。就像我们这次行程的目的，主要也是为了来看锤头鲨。但这次有些例外，有过近千潜经历的“五年级七班”班长 Sandyyou，第一次对这种大个子的海洋生物产生了恐惧。我来转述一下她的经历。

“那天我离大部队有些远，我发现身边有一群丝鲨，就习惯性地开始拍。我拍呀拍，镜头转啊转，然后我发现我被一大群丝鲨团团包围了（事后从视频中看起码有四五十头），它们围着我慢慢打转。我身边没有其他的潜水员，就我孤零零的一个人，突然间，我感觉到一阵恐惧，我是不是已经成了它们的猎物？这是我第一次对鲨鱼产生了这种感觉。”幸好，只是虚惊一场。

现在回想起来，当时说的瞎话，就好像是许愿池，鲸鲨真的出现了！“叮叮叮！”潜导一边疯狂地敲着气瓶，一边飞快地往深海游去。还没等我游到潜导身边，就看到水中隐约出现了一张黑白斑点的大嘴，接着我看见了它的整个身体，一条怀孕的鲸鲨华丽丽地出现了。它是那么的大，就好像开过来一大艘潜水艇，紧跟在它身边的几十头锤头鲨，对比起来就好像小虫子在扭呀扭。它悄无声息地从一片深蓝中探出脑袋，又甩甩尾巴消失在茫茫大海中，只留下目瞪口呆心跳加速的我们。这不是我第一次见到鲸鲨，但 Galapagos 富饶的海洋生物，让这里的鲸鲨比东南亚的要大上一圈，潜导估计，这条鲸鲨起码有 12 米长。

要命的水下低温

每年的6~9月，是厄瓜多尔的冬天，气候凉爽而干燥，此时来自西部的太平洋赤道暖流和来自南部的秘鲁寒流在此交汇。

秘鲁寒流是寒流中最强大的一支，由南极方向向赤道方向流动，沿南美洲西岸从智利南端一直延伸到Galapagos海域。这股寒流支持了大量的海洋生物，全世界每年渔业捕捞量的18%~20%来自该生态系，因此每年这个时段也是Galapagos的潜水旺季。选择这个季节前往，必须做好两个心理准备，一是水温较低（16度~24度），二是流大浪急。

以水冷流大出名的Galapagos，大概是所有休闲潜水点中，对潜水者水平要求最高的一个，潜船往往会给每人发一个GPS，号称"只要不被大流冲到日本，就能找到你"。一般要求潜水者潜水经验起码在100支以上，建议是150支以上的潜水者前往，而且必须要有对抗大流以及船潜的经验。

第一潜check Dive，17度的水温立刻给我们来了个下马威。

这里潜导的身材与东南亚的苗条潜导完全不同，个个身材壮硕、肚子圆圆的，第一潜上来以后，大家都不难理解为什么潜导都那么大块头了。成天泡在20度左右的水温里，身上不长点膘根本抗不住！

下水前，潜导一边往身上套 7 毫米的潜水服，一边与团队里身材最壮、号称自带 10 毫米脂肪层的老王聊天："你确定就穿这点下去？看样子你只能靠到水里尿尿取暖了。"常年在东南亚"裸潜"的老王依然决定只穿 3 毫米潜水服下水。

为了这次行程，我准备了 5 毫米胸部背部都加厚的潜水服，还是怕不够，又增加了 3 毫米的头套带背心。

我鼓鼓囊囊地下了水，咕咚一声翻入水中，冷！冷到立刻神清气爽！看看潜水表，水温从 19 度慢慢降到 17 度。25 分钟后，我开始抱着胳膊潜水，40 分钟后，我的两条腿开始轮流抽筋。

上了水后，潜店体贴地准备了滚烫的热巧克力和大量干毛巾。我立刻冲回房间，用烫烫的热水冲暖已是冰凉的身体，依然觉得有些头疼。

晚上开会，不少同学提出租赁更厚的潜水衣，连老王也不例外，决定来一件 7 毫米的。老潘非常好心地借了我一个 3 毫米的头套，解决了我的问题。

其实潜店考虑得很周到，Galapagos 的普遍水温是在 20 度上下，尤其在达尔文拱门和狼岛附近，水温一般会回升到 23 度左右。有了第一潜的"凉爽"经历，大家都调整了自己的装备，这样后面的行程大家基本上不会再为水温困惑了。

唯独这一潜是例外！在经历了几天23度的“温暖”潜水后，潜导告诉大家这一潜水温会比较低，带着“试试看泡在15度的水里到底是什么感觉”的想法，我带着三个头套下了水。

刚下水就觉得寒气逼人，越往下潜，越觉得难以忍受。只觉得寒气直逼脑门，头顶心隐隐作痛，大脑都快停止转动，真担心会不会冷到大姨妈都不来了。以往潜水的乐趣荡然无存，更像是在做极限运动。

不只是我觉得冷，老王回到水面冷得直吐，爱思考的胖头鱼已经联想到了《泰坦尼克号》里的Rose和Jack在水面告别的那一幕，Jack为什么要自杀？现在大家明白了，他是活不久了，水温低真是会冻死人，而且是迅速地被冻死。

幸好15度的水温没给我带来任何不良的后果，人的弹性果然很大。不过这种体验有过一次就足矣，一点也不好玩！

至于水流，那让所有参与者都做了不少心理准备的水流，这次我们几乎没有遇上。后来潜导告诉我们，这里有时候水流大到能把面镜冲跑，但不是每天都这样。回来后一查，这几天正值新月，是潮汛最小的日子，自然不会遇到大流。这证明了那句老话，计划永远赶不上变化。

这里的世界很平等

在这里，我第一次能与野生动物有极为亲密的接触。潜船在达尔文拱门停留时，我们的船头永远停着一大排鲣鸟。当我轻轻地靠近其中一只，慢慢伸出一根手指放到它面前时，奇迹发生了！它没有跑掉，也没有啄我，而是微微地张开嘴，温柔地含住了我。

在当地的鱼市场上，也有风景可看。小小几个摊位周边围满了鹈鹕、燕尾鸥及海狮。海狮就好像小狗一样，把头搭在桌子上，眼巴巴地盯着桌子上

拍摄：五年级七班 Sandyyou

的鱼肉，却不敢造次。只要摊主摆摆手，鹈鹕们就整齐地跟着节奏摆摆头。摊主一般会把鱼皮和下脚料“施舍”给这些来“蹭饭”的小朋友。海狮为了博得摊主欢心，时而用头去蹭蹭摊主，呆萌的样子让人忍俊不禁。

连我们的潜船也经常有来“蹭饭”的朋友。每到饭点，厨房的窗下总是生机盎然，水中一群鲨鱼静静地潜伏着，水面一群鲣鸟来回盘旋着。它们在等什么？答案是大厨会把一些食物的下脚料直接扔进大海。每次抛往水中的食物，都能引发水面的一场混乱，几条鲨鱼跃出水面，一群鸟儿扑向食物。最可爱的是，几条鹈鹕还会张开大嘴，直接等在窗下。

这里的生物很幸福，从来没有受到过来自人类的伤害，这里的人类也很幸福，每个生物都把你当朋友。

Galapagos 原为无人荒岛，1535 年，巴拿马主教贝兰加在去秘鲁的途中发现了它，16 世纪有许多西班牙航海家在岛上逗留，17 世纪末，一些海盗以这些岛作为隐匿之所。1832 年厄瓜多尔正式占领群岛，开始殖民统治，现在岛上的居民也只有两万人。

根据先来后到的原则，这里真正的居民是这些神奇的生物，人类只是这个小岛的客人。走在小岛上，处处能感受到居民对这些生物的爱意。墙上画的、门口塑的、屋子里的装饰品，大多都是这些生物的造型。小店里卖的工艺品、明信片、T 恤衫也不例外。这里的生物大多不用担心被人伤害，更不用担心被人吃掉，比生活在任何有人类的地方都幸运。

拍摄：潘迎久

拍摄：五年级七班 Sandyyou

为了保持岛上的生态，厄瓜多尔政府花了不少力气。在机场，所有上岛的行李都需要被开箱细细检查，不得带任何生物和植物上岛，同时还需要购买100美元的上岛门票。岛上猫和狗的数量都是被严格控制且登记在册的，我曾经看到一份统计，上面详细地记录着每个岛上外来物种的数量。然而，Galapagos依然没有逃脱外来物种的入侵。除了破坏植被的山羊外，老鼠也成了一大危害。

17世纪时，黑鼠随着捕鲸船和海盗来到科隆群岛。这些老鼠以岛上鸟类鸟蛋或动物幼崽为食，包括巨龟、火蜥蜴、蛇、鹰以及鬣鳞蜥等，同时它们也导致群岛上大量本土植物被毁。

近年来，厄瓜多尔政府计划空投20多吨鼠毒，拯救受老鼠威胁的鸟类和爬行物种，希望到2020年时，根除该岛上的外来老鼠。目前，一些岛屿上的鹰和鬣鳞蜥等动物已被临时移往他处，以防它们误吃中毒老鼠。

厄瓜多尔政府还在Galapagos方圆40英里的海域设立了一条“隔离区”。然而，事实上有大量渔业加工船就停靠在Galapagos附近，随时准备以政府收购价10倍的价格收购水产品，这在一定程度上助长了当地渔民的非法捕鱼活动。此外，污染、厄尔尼诺现象和快速发展的旅游业也对这片“伊甸园”造成了冲击。

虽然我们已经做了很多努力，但Galapagos的生态依然在慢慢地被破坏，写到这里难免心情沉重。就在这里许下个小小心愿吧，记得爱思考的胖头鱼和我说：“当几百条锤头鲨在我面前游过时，真觉得大自然太神奇了，希望几十年后，我的孙子来这里，还能看见这样壮观的景象。”

来Galapagos的基本攻略：

1. 从中国去Galapagos有两方式，一种是从欧洲转机，一种是从美国转机，这两个地方转机都需要有签证。通过美国入境的口岸有休斯敦、迈阿密或纽约，在到达 Galapagos 之前会经过首都基多或经济贸易重镇瓜亚基尔。

2. 厄瓜多尔前几年对中国执行了免签政策，但近年已取消。你可以选择在中国境内获得厄瓜多尔签证，潜水员通过专业的潜水俱乐部安排可以获得简便的签证服务。

3. 获得厄瓜多尔签证需要打黄热病疫苗，在各地检验检疫局的国际旅行卫生保健中心打一针即可。

4. 当地通用美元，讲西班牙语，大多数人不会英语，学习一点西班牙语会更方便。

5. 选择 6~9 月去潜水，必须做好两大心理准备：一是水温较低（16 度 ~24 度），二是流大浪急。一般要求潜水经验起码在 100 支以上，建议是 150 支以上的潜水者前往，而且必须要有对抗大流以及船潜的经验。

6. Galapagos 有两个主要机场，SCY 和 GPS。常规潜船都停靠 SCY，回程我们会建议潜水员提前在 GPS 机场所属的 Santa Cruz 岛停留几天，造访附近的主要岛屿。

7. 游玩陆地比较简便的方法是乘坐邮轮，在几个岛屿间跳岛旅行，每天上岛由导游讲解地貌和物种，这也是非常有意义的一种亲子活动。

Galapagos 拍摄注意点：

在水下拍摄多用鱼眼和广角，特别是海狮题材；微距题材主要是红唇蝙蝠鱼。由于能见度不佳，单反相机拍摄视频会存在合焦的难度，而且由于流大需要稳定性，这样微单和 Gopro 或 DV 在水下拍摄视频会有优势。

Chapter 9

汤加：观鲸日记

当看到大翅鲸跃出水面的那一瞬，一切辛苦都值得

这是一个奇妙的瞬间，我好像一块木板静静地漂浮在南太平洋的海面，遥望着那条离我20米远的鲸鱼，忽然一种奇怪的声音传入耳中：“咦啊……咦啊……嘎……格叽格叽……”有一点点像牛叫。没错，我听到的就是传说中的鲸鱼之歌。这是雄鲸给雌鲸发出的信号，表示这里有一位雄壮的boy在渴望一次浪漫的邂逅。美丽的姑娘，你快来吧！

2009年，在BBC的纪录片*Life*中，我第一次看到大翅鲸，那震撼的场面立刻进入了我的心中。

一直在等待机会，机会却总是失之交臂，终于，2012年，南太平洋，汤加，大翅鲸，我来了！汤加在哪里？从地图上看，它是茫茫南太平洋中一个芝麻大的小点。汤加怎么走？从香港出发，转机斐济，飞到汤加首都之后，再乘坐小型飞机（约20个座位），降落在一个极小的小岛Vava'u，光是路上，单程就得2~3天时间，来回一万元出头的机票钱。

看鲸，听起来很浪漫，实际上不是件轻松愉快的事情，不算是观光旅行，需租观鲸船出航，一去就要一整天。

一般航行一个多小时后，方能到达大翅鲸出没的海域。强劲的风浪，时常来袭的阵雨，晕船造成的呕吐，多次下水的疲劳，够冷的水温……还没人能承诺今天一定有鲸鱼出现，有可能你在船上晃了一天都没有收获。但当看见大翅鲸跃出水面的那一瞬，不得不感慨：一切辛苦都值得。

飘荡在南太平洋深处的歌声

这是一个奇妙的瞬间，我好像一块木板静静地漂浮在南太平洋的海面，遥望着那条离我20米远的鲸鱼，忽然一种奇怪的声音传入耳中：“咦啊……咦啊……嘎……格叽格叽……”有一点点像牛叫。没错，我听到的就是传说中的鲸鱼之歌。这是雄鲸给雌鲸发出的信号，表示这里有一位雄壮的boy在渴望一次浪漫的邂逅。“美丽的姑娘，你快来吧！”

这声音带着极强的冲击力，即使隔着如此远的距离，我依然能感受到那声浪的力量。聆听着鲸鱼的歌声，轻松地趴在海面……原来看鲸还有如此宁静惬意的片刻，这个开端很诗意。

事后船长告诉我，只有雄鲸会唱歌。每年汤加的大翅鲸唱的都是同一首歌，那旋律如交响乐般分为三个乐章，先是激昂的呈示，再是抒情地展开，最后的副歌如声声呼唤，一声响似一声，人不能靠唱歌的雄鲸太近，因为歌声太大，怕会震破你的耳膜。

我们庆幸自己的选择是正确的。想要看到大翅鲸，除了天时地利，选择船长也特别重要，他能把你带往鲸鱼出没的地方，看到最奇特的景观。

查阅了大量外国论坛后，我们选择了美国船长Pual，他与研究鲸鱼的妻子在汤加已经生活了八年，有着丰富的观鲸经验，据说他的快艇是Vava’u海域最快的。

出海那天，经过一个小时的无聊航行后，观鲸船的速度慢了下来，这意味着，有一头大翅鲸就在我们附近。顺着船工的手势，我看到几百米远处，鲸鱼正喷出几十米高的水雾，巨大的黑色背鳍掠过水面，然后迅速地消失在海中，只剩下巨大的浪花。

观鲸船小心地靠近这头大翅鲸，十分钟后，船工让我们穿上装备，在船尾用坐着的姿势直接滑入水中。刚进入水中，潜导比划着让我往深海望去，在20米深处，一个模糊的白色身影依稀可见，虽然距离很远，依然能感觉到这是个庞然大物。潜导告诉我，五分钟后这头鲸鱼会浮上来，现在大家在水面耐心等待。

慢慢地，大翅鲸的白色轮廓逐渐变得清晰，黑色背鳍、头部、尾巴从深蓝中显现出来，我终于可以看清它的全貌了。这是一条十余米长的雄鲸，流线型壮硕的身材，和照片中看起来一样，但亲眼看到的那一瞬，依然是震撼的。我不禁感叹造物主的神奇，地球上竟然有如此巨大的生物。它轻轻地在水中一摆身体，海面就凭空浮起一座小山，我赶紧打着脚蹼追上，但双方的力量太悬殊了，我花了吃奶的力气去追逐，它只是轻摆尾鳍，就把我远远甩在身后。只那么远远的惊鸿一瞥，便在深海中失去了它的踪迹，唯有歌声依然回荡在我的耳际……

我以一条咸鱼的状态，被船工拉回到小船甲板上，我已经累得瘫倒在地，心里暗暗发誓，下次看到大翅鲸不再这样疯狂追逐了，因为它如果不打算搭理你，你再努力也是徒劳的。

十分钟后，大翅鲸又一次出现在水面，这次我决定改变战术，在水面用长焦拍摄。我爬到船顶，船长示意我看一块颜色较浅的区域，这就是大翅鲸所在的位置。将快门调到连拍状态，对准那块浅蓝，我紧张地等着“鲸”喜一瞬。船晃得非常厉害，人都难以坐稳，在经过几次失败后，终于以打机关枪的速度拍到了一组鲸鱼甩尾的图片。

这样的惊鸿N瞥后，它终于彻底消失在深海。

爱情大片在眼前上演

今天看到的画面，绝对是大片级别的。

今天的浪有点大，船晃得特别厉害。以往波涛粼粼的海面，此刻也变成了连绵起伏的小山丘，迎面而来的涌浪，变成了一堵直直推向我们的水墙，船身不停地翻越迎面而来的涌浪，我们不得不紧握扶手才能勉强坐稳。从不曾晕船的我，竟感受到胃里一阵的翻腾。在几次剧烈的颠簸之后，我终于在船边贡献出了我的早餐（喂小鱼虾），吐完之后，反倒觉得轻松了不少。回头一看，同伴个个面色苍白，最终大家都不得不一吐为快。

船在茫茫大海中行进了近两小时，被晕船折磨的我们都痛苦不堪，有的几乎昏昏睡去，突然潜导示意我们，有情况！

我们立马来了精神。果然，四处都有喷出水面的水雾和大翅鲸的背鳍跃腾，这意味着在我们附近，有着一群鲸！我们的船，正被大翅鲸层层包围！

船长告诉我们，传说中经典的heat run（鲸鱼求偶）大翅鲸爱情大片就在眼前上演，五条雄鲸互相争斗、搏击，追逐一尾雌鲸。听到这消息，我们都沸腾了。要知道这个镜头是难得一见的，前年*Life*剧组想来拍摄这个场景，尾随一群雄鲸等待了十几天之久，而我们在到达的第二天就看到了！

眼前的景象，让我已经不知道该看哪处。海面上一片混乱，到处都是腾空而起的气浪，总有三四个背鳍同时在海面上翻腾，掀起巨大的水花。正常情况下，看到一条都能让人兴奋好久，而现在同时出现那么多条，真是让人激动到发晕，现在回想起来，这段记忆有些模糊，同伴则念叨了好几遍："我觉得自己是在做梦。"

我一把抓起相机，两三步冲到严重摇晃的船顶，倚着栏杆，一边尖叫，一边狂扫"机关枪"。愁极了是跟拍一尾，还是将几条一并收入？这边才对好焦，那边更近处又有更精彩的画面呈现，至于什么构图、曝光补偿更是不在考虑范围内，快门就像激战阵地上的机枪，哒哒哒地响成一片。

船长 Paul 指着最前面的那条鲸鱼告诉我，这就是那条雌鲸，因为她的体型不算大（鲸鱼界的审美标准是体型硕大为美），所以后面的几条雄鲸搏斗也不算激烈，只是不停喷出巨大的气浪，来阻挠后面雄鲸的速度。

技术一流的 Paul 船长，把船速控制到和大翅鲸差不多，慢慢靠近鲸群。大翅鲸嘴上凸起的颗粒，身上的黑白花纹都看得清清楚楚，硕大的身形带来的视觉震撼力也很强。

突然，船体下面略过巨大的白色身影（似乎比我们的船还大），大家紧张地盯着水面，等待着大翅鲸腾跃的瞬间。我还未来得及调好焦距，突然间，一个巨大的鲸鱼嘴撑满了整个相框，接下来是整个鲸鱼头、鲸鱼背，我胡乱地按下快门。

身边的声声惊叹未落，水面只剩巨大的水花，空气中飘来大量水气，镜头上早已是星星点点。期待已久的场面，只是通过相机镜头模模糊糊地看了个大概，但还是没拍成功，这真是摄影者的无奈。

一番追逐后，我们发现后面跟着的雄鲸变少了，Paul 风趣地说："The whale are running and thinking 'girl！ girl！ girl！'.Then they found 'where is my girl？'"（雄鲸一边追逐一边想着"女生！女生！女生！"，突然他们发现，"唉！我的女生不见了？"）有两条雄鲸追着追着就追丢了，惨遭淘汰出局。据说，最后剩下来的那条雄鲸就是胜利者，他可以与心爱的 girl，创造出他们的下一代。

我完成了一次水下检阅

经历过昨天大片级的场景，今天看到一两条大翅鲸浮出水面时，我的心态完全可以用“淡定”来形容。

再次滑入水中，在我的左前方，一条大翅鲸正往深海中游去，其身后还有一尾紧紧跟随。我正沉湎于这场景，忽然又有一头鲸游入我的视线，它正甩高尾鳍，将身体调整成70度的角度，迅速消失在深蓝中。与此同时，我察觉到一个白点正在上浮……

天哪！一次浮潜竟能看到四条大翅鲸吗？果然，那个白点的轮廓从深蓝中慢慢显现，它浮到水面三米处，拍拍巨大（三米长）的双鳍，调皮地把白白的肚皮翻转过来，舒展着身躯，在水中来了个优雅的360度翻转，这个庞然大物在无限的深蓝中，做着各种复杂的动作，却是十分的轻松与流畅。然后是优雅地一摆尾，顺着几位同伴的方向潜入深海。

我完成了一次水下的大翅鲸检阅，这是多高的殊荣，是不是因为我跨越了半个地球，千里迢迢远道而来，而受到特别优待呢？

我一出水，激动地伸出四个手指，比划着告诉Paul：“four！”他兴奋地与我来了个击掌。

有一次，在船边十几米远处，一头母鲸腾跃而起，仔细一看在她身边还有一个迷你的小脑袋，我终于在最后一刻看到母子鲸共同畅游的温馨场面！

拍摄：胖头鱼

如果说 heat run 是激昂的交响乐，这就是优雅的小夜曲。观察着大翅鲸的不同生活状态，对这地球上数一数二的庞然大物，又增进了几分了解。

大翅鲸也会逗我们玩，那次它突然出现在船边，调皮地用大翅膀拍打着水面，掀起大朵的浪花。等大家穿完装备，它却消失了，我们穿着装备在船尾等待许久，再也没有捕捉到它的影子。

来无影，去无踪，害得我们一会儿来不及穿装备，一会儿又是穿好装备船尾空等。为什么不穿好装备随时待命呢？潜过水的都知道，穿着脚蹼行动不便，带着面镜捂住鼻子呼吸不畅，很难受啊。好在我们已经训练有素，只需要两分钟就能完成穿戴。

风儿呀吹动我的船帆

看到那艘有几天完全属于我们的帆船静静地停在港口，等待着我们的到来，我觉得真是太帅了。

这是艘25米长的单桅帆船，可以接纳六个客人。甲板上的结构看起来好复杂，高高的桅杆让你的镜头无法将其装全，手指粗的钢索从船顶拉下，到处可见一捆捆整理有序的绳索。

虽然船内空间迷你，但设计精妙，每一寸地方利用得淋漓尽致。楼梯下，沙发内，处处都可收纳物品。白天船长位上的方向盘，到了晚上一拆，架上块木板就成了可供吃饭聊天的小桌子。舱内有一个可自由开关的天窗，夜晚可以躺在床上数星星，好不浪漫。

三个工作人员中，老船长和服务生ana是汤加本地人，老太太christine以前生活在美国，退休后到这里管店，是经理兼大厨，不仅手艺不错，而且勤于学习各国菜谱，为了欢迎我们，给我们准备了老干妈调料，还现学现煮了生滚鱼片粥。

第二天一早，我还睡眼惺忪，同伴就在舱外喊：“起帆啦！”果然发动机的隆隆噪音已经消失，船在大海上依然飞快航行。走出船舱，看到两面帅气的风帆正在升起，当天的风并不是很大，但风动力的行进速度完全不亚于发动机。风动力比发动机操作起来要复杂很多，老船长不停地调整着帆的角度。

拍摄：五年级七班 Sandyyou

拍摄：五年级七班 Sandyyou

Vava'u 有着星星点点的海岛与大片的原始海滩，这优越的地理环境让很多帆船爱好者来这里体验了一回帆船“自驾游”。虽然这项活动对于国人来说还很陌生，但经过几天的观察，选择自驾出海的船占了不小的比例。在 Vava'u 有着一家颇具规模的帆船租赁公司，或许若干年后，学个帆船驾驶执照，去汤加能多一种玩法了。

呜喂……风儿呀吹动我的船帆……大家彻底过了几天没有网络、没有具体的日程安排、闲到数星星的日子。

与世隔绝的 Vava’u 海滩

远道而来，南太平洋的陆地风情也不能错过，选择一天环岛游是必需的。

车子一直往北开，路两边的住户越来越少，道路也越变越窄。经过 20 分钟的颠簸，树枝唰唰地划过车窗，我们的车开到了 Vava’u 的最北面。

沿小路走到尽头，看到一片突出的悬崖。眼前的美景让我们这些游历过巴厘岛、马尔代夫的人都不由惊呼：“太美了！”

阳光尽情地挥洒在这绚丽的海湾，大片大片的饱和色彩冲击着我们的视觉，山色青翠，海水透蓝，悬崖下方海湾处有一片美丽的珊瑚礁，鸟瞰视角将其特有的色彩渐变尽收眼底，湖蓝、孔雀蓝、粉蓝到浅蓝，衬托着星星点点的珊瑚。往前小心地跨出一步，在树木掩映处，藏着一汪蓝水晶般的浅滩，我当即就把这里取名为：“汤加九寨沟！”

鸟瞰已是如此美妙，漫步沙滩会是何等的享受呢？

Vava’u 的海滩大多未经开发，在这高度商业化的时代，能在一片没有酒店，没有饭馆，没有沙滩椅遮阳伞，更没有小商贩的海滩边，找片树荫，发个呆，是多么奢侈的事情！

眼前这片海水已经美到过分，浅滩处的清澈粉蓝完美过渡到远方的深邃钴蓝，隐约可见片片珊瑚礁，远处卷来了一线线的白色海浪。白色沙滩并不细滑，但非常干净，看不到一点生活垃圾，只有一大堆被海水冲刷上岸的死珊瑚和贝壳。海滩十几米开外处，椰影摇曳，绿树成荫。当地人带着席子和小零食，悠闲地享受着周末时光，向我们送来微笑。

漂洋过海来看你

想得到吗？在遥远的Vava'u，还能吃到正宗的中餐，看到CCTV的节目，能遇到如此多的做小生意的中国人。

在Vava'u经营着当地最大超市的老板娘这样告诉我："没有想太多，来到这里，能生存能发展，就这样稳定下来了。"这就是我们中国人，好像蒲公英一样，飘到世界的每个角落，哪里能扎下根，就在哪里发展！

11年前，这家超市的老板先来到这里，从一个小铺面开始经营，现在已颇具规模，卖的东西从食品到日用品甚至玩具服装啥都有。当地人没什么钱，于是，橄榄可以一粒粒地卖，超大盒的冰淇淋可以挖一个球卖，生意做得无比灵活。其他店铺下午四点就关门了，这家超市要开到晚上九十点。

很难想象早在十几年前，大多数国人连汤加这个地名都不知道时，已经有中国人来到这里生根落户。

在超市隔壁，是我们天天报到的"金百合"中餐馆（幸好有它，不然我们的日子就凄凉了）。老板阿辉两年前开始经营这家餐馆，生意在旅游旺季还是不错的，小岛上长期生活的日本人、澳洲人、美国人都是常客。几天下来，大家都成了熟面孔。

汤加的旅游旺季只三个月左右，其余九个月餐馆的经营只能勉强保本。当汤加对中国游客要求签证后，阿辉店里的生意受到了一定的冲击，不过阿

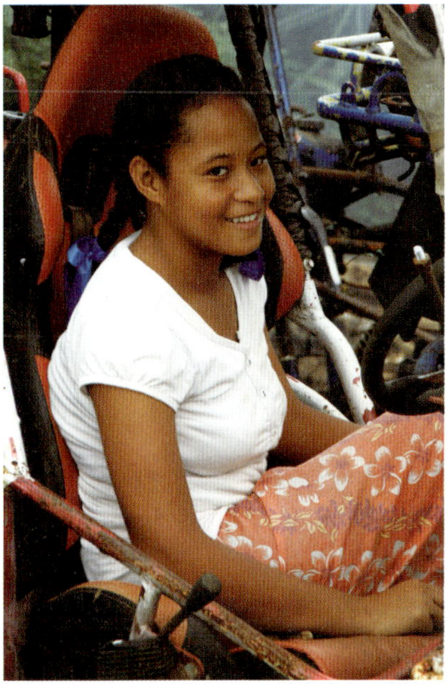

拍摄：衣萍

辉仍然选择坚持经营："回到国内，我这种手艺只有三千块一个月，在这里一年的利润是十多万。"

和阿辉一样，在 Vava'u 生活的中国人有二十几位，大多来自福建的福清市，一般都选择开超市，做些小生意。而在汤加的首都 Tabu 就更多了，目前在 Tabu 共有 3000 位中国人，大多是公派，负责工程建设，小部分是来做小生意的。

拍摄：衣萍

汤加趣闻

就在我们出发的前夕，汤加的新总统启用了一项旧法规，礼拜天所有人必须休息，包括商业机构，如超市、工艺品店、潜水店等，连航班都停运，以保证这一天人人都去教堂做礼拜。如果违反，会被抓去坐牢。

海子的“面朝大海，春暖花开”是很多人的理想，受刺激的是，Vava’u的猪不仅天天享受着这般待遇，更过分的是它每天都能吃到海鲜。车子经过一大片浅蓝色的滩涂，司机放慢车速，示意我们注意几头在美景中漫步的猪，告诉我们，这里的猪是吃鱼的。果然，这些猪走走停停，不时把头低在水中大快朵颐。

在汤加看到最多的公共建筑就是教堂，几乎一公里就有一个。当地人做礼拜的时间也很长，从早上六点开始就有歌声从教堂传出，到下午五点，教堂中依然满满地坐着人。

汤加 Vava'u 的机场是我见过最 mini 的。根据以往的经验，我们提前两小时到达机场，但被告知来得太早，提前十五分钟到就来得及办理一切。

半露天的几条长凳，即候机厅，登机口独此一个，机票是手写的，取行李，在一个简单的小窗口，免税店，是一个更小的窗口。而夜间登机的辅助照明设施，竟然是一位机场工作人员打着一支小手电！我笑着举起相机，工作人员也乐不可支。

都说汤加人以胖为美，这次算是见识到了。汤加广告牌上的美女，都是丰满体型，汤加街上走着的中年男女，无不体型壮硕，相比之下觉得自己无比瘦小。

观鲸小技巧

大翅鲸又名座头鲸，平均体长雄性为12.9米，雌性为13.7米，最大记录雌性18米，体重25~35吨。座头鲸以其跃出水面姿势、超长的前翅与复杂的叫声而闻名。

虽然全世界各个海域都有观测记录，但只有两处观察到大翅鲸的概率较高：一是在北极的阿拉斯加，另一个就是位于南半球汤加的Vava'u。

每年春、夏两季，生活在南半球的大翅鲸在阿拉斯加海域大啖营养丰富的磷虾和小鱼，储存大量营养。到了冬天，它们回到汤加温暖的海域，不再进食，在此完成生命中最重要的任务，找到自己的另一半，结婚生子。雌鲸十月怀胎，第二年，回到汤加生下自己的宝宝。在哺乳期，鲸鱼宝宝每天要喝50公升的奶，妈妈却是不吃东西的，真是母爱天性的奇迹。而生活在北太平洋的大翅鲸在阿拉斯加和北极圈吃东西，冬天去夏威夷过冬。

水下看鲸其实非常不易。首先，你只能选用浮潜的方式观察，不能采用水肺深潜。其次，每次水下邂逅实在短暂。大翅鲸在水底休息20分钟后需要上水换气，观鲸船就是靠捕捉到大翅鲸换气喷出的水浪发现目标。成年鲸每次浮出水面换大约五口气，时长两分钟，在这两分钟内，船必须靠近、调整角度、停稳，观鲸人须迅速穿齐装备下水，差不多每次你一下水，鲸就刚好完成换气消失在深海中，所以要在下水的第一时间，迅速观察前后左右下方的情况。

如果你想与大翅鲸在水下一起游玩，那唯一的机会就是遇到在水面休息的母子鲸，此时的鲸鱼宝宝一般是两、三个月大（个头已经不小，有2~3米长），对一切事物都有着好奇心。有些观鲸者甚至会遇到小鲸主动游到你面前，好奇地打量你、和你打招呼的梦幻场景。这时你可以与小鲸嬉戏，而这时母鲸只是在一旁静静等待，这是仔细观察的最好时机。

Chapter 10

种珊瑚，种梦想

潜爱大鹏种的不仅仅是珊瑚苗，而是一种梦想

现在来种珊瑚苗，有点像在荒漠里种植物，多少有点悲壮的感觉。而且，种颗植物吧，还能隔三差五去看看，种珊瑚就麻烦了，隔着茫茫大海，想要下潜光有时间和体力还不够，还要天气暖和，水况良好。

“Where are you come from（你从哪儿来）？”

“China. I come to here for diving.（中国。我来这里是为了潜水。）”

“Can diving in China（中国能潜水吗）？”

“No.（不行。）”

某个小岛国的海关工作人员听到这里，脸上露出了讶异的表情：那么大的中国，竟然没有一处像样的地方可以潜水？

我说的都是实话。中国的确没有一处潜点，适合潜水员过把瘾。南沙水质和环境应该都达标，可是交通不便，硬件缺乏。三亚物价昂贵管理混乱，只能让人“望洋兴叹！”。

地大物博的中国，到了海平面以下一看，成了地大物稀，说完那个“No”字，我的心里挺不好受。

珊瑚都去哪儿了

先来说说珊瑚的重要性。海底下的珊瑚，是由许多珊瑚虫联合在一起的活体组织，而我们在陆地上见到的珊瑚并没有生命，那只是珊瑚的骨骼，这些骨骼就是由珊瑚虫不断堆积碳酸钙而形成。

健康的珊瑚虫内皮层细胞中有一种珊瑚藻（虫黄藻），它们通过光合作用将珊瑚虫代谢所产生的废物转变成有用的物质，再传回给珊瑚虫利用。珊瑚虫和珊瑚藻共生，一个提供庇护所，一个提供营养源，通过珊瑚礁这个骨架，构筑海洋生物完美的家园。

珊瑚对于海洋，就好像是陆地上的森林，是海洋中的“热带雨林”。珊瑚礁面积虽然不到海洋总面积的千分之二，但却养育着全球1/4的海洋生物，有四万种以上的海洋生物生活在珊瑚礁的生态系统中，几乎所有门类的海洋动物都以珊瑚礁为家。中国的珊瑚礁种类约占全世界的13%。

没有了珊瑚，海底就成了陆地上的沙漠，没有生物，了无生机。海洋渔业、养殖业都将受到极大的影响。珊瑚礁对于人类的贡献不仅于此，它还能保护脆弱的海岸线免受海浪侵蚀。因为健康的珊瑚礁就像自然的防波堤，70%~90%的海浪冲击力量在遭遇珊瑚礁时会被吸收或减弱。此外，珊瑚虫在造礁过程中，通过体内珊瑚藻的光合作用，吸收大量的二氧化碳，从而减轻了地球的温室效应。

对于潜水来说，一片海域要成为潜水圣地，有大片的珊瑚礁极为重要，因为这样才会有丰富的海洋生物，或者是小型的，如几毫米的豆丁海马，也可以是大型的，如十几米长的鲸鲨。潜水者通过与海洋生物的接触，才得感受到潜水的乐趣。还有，珊瑚对过滤海水让其变得清澈有积极的作用。

根据近年来美国自然保护协会的资料，珊瑚礁每年为世界旅游业创造的价值达96亿美元，这其中也包含了潜水、浮潜、海钓等多项水上运动所带来的收益。

2011年，由全球25个权威机构联合出具的《珊瑚礁危机再探》资料显示，超过1/4的珊瑚礁已在海洋公园和保护区中，比其他任何海洋栖息地都要多。“妥善管理的海洋保护区是保护珊瑚礁最有效的手段之一”，大自然保护协会的资深海洋科学家马克·斯伯丁说。

据现任职于广东徐闻珊瑚礁国家级自然保护区管理局“珊瑚保育员”廖宝林的介绍，珊瑚的非法采挖，是我国南沙、西沙等海域珊瑚礁日益减少的主要原因之一。

廖宝林毕业于广东海洋大学水产养殖专业，研究方向是珊瑚与海洋生态环境。廖宝林告诉我，近十年来，西沙、南沙的珊瑚礁消失的速度非常惊人。“对比以前那些繁荣的照片，看着现在的惨淡，有着说不出的滋味。”每次看到这些水下照片，廖宝林的心情都会有些低落。

珊瑚生长的速度极慢，几铲子下去，就如砍掉了一棵参天大树，毁掉的可能是几十年甚至是数百年的时光。然后，这些珊瑚被制成工艺品，放到柜台里，等着变成某户人家客厅里的摆设。

那些非法采挖的人，除了采挖珊瑚外，还盯上了色彩斑斓华美的法螺。法螺虽然是行动慢吞吞的腹足纲海洋生物，但却是长棘海星的克星，而长棘海星以珊瑚为食，是珊瑚的天敌。法螺的几近绝迹，也间接地加速了珊瑚礁消亡的速度。生物链环环相扣，少了一环，大自然就乱了阵脚。

长棘海星绝对是海洋生物圈的“小强”。这家伙直径类似于西瓜大小，浑身长满了厚粗的硬刺，是个难对付的狠角色。更可怕的是，如果你把它大卸八块，它就变成了八个，是不是很变态？

我每次在水下见到这家伙，就用流勾的绳索把它“五花大绑”，然后如拎菜篮子般小心提在手上，带回水面后放在太阳下暴晒，这样才能确保真正把它给杀死。

对于珠三角海域近岸的珊瑚礁来说，被破坏的原因更多。渔船靠岸、海产品养殖，都会对珊瑚礁造成影响。在深圳、惠州一带，因为工业发达，工业废水、废料的排放不当所造成的海水污染，也破坏了附近海域浅水区域珊瑚的生存环境。

三亚海域的珊瑚礁主要是来自于潜水旅游业开发的破坏，而去三亚玩潜水多半为新手，难免会对珊瑚礁造成破坏。再加上生活垃圾的污染，三亚的珊瑚礁面积也一直在减少。

美好的事物大多挺脆弱，珊瑚礁也是如此。

该为珊瑚做点什么吧

因为上述的种种原因，中国周边海域内的珊瑚礁生态群，已被破坏得惨不忍睹。而人工种植珊瑚，可能是补救的一种好办法。但是，现在来种珊瑚苗，有点像在荒漠里种植物，多少有点悲壮的感觉。而且，种颗植物吧，还能隔三差五去看看，种珊瑚就麻烦了，隔着茫茫大海，想要下潜光有时间和体力还不够，还要天气暖和，水况良好。

2013 年 11 月，深圳的一群潜水员，在当地政府的支持下，发起了一个海洋珊瑚保育公益活动——潜爱大鹏。活动召集到了数十位潜水员，他们自发从全国各地赶来，把珊瑚苗一颗一颗地放到海底。

过了大半年的时间，小珊瑚苗到底过得好不好，大家心里又期盼又忐忑。2014 年八月，十余位潜爱大鹏的工作人员再次下潜。那次水下的能见度很差，只有两米，和重度雾霾天差不多吧。工作人员分成六组，在水下摸索了 40 分钟，仍然没有找到当初投下去的珊瑚苗。

“我的一瓶气已经用完了，只好回到水面等待，看到其他潜水员都空手而归的时候，觉得好失望，难道去年的工作都白费了吗？就快要放弃的时候，看到水面升起了红色的标志，终于有一队潜水员找到了当初我们投放的珊瑚苗。”发起人猫丫回忆起这一段，语气难掩激动。“我们大家都好高兴，从四面八方往那个点汇集过去。”

经过近一年的时间，三个珊瑚架，有两个仍然完好，一个被海浪掀翻了。所幸的是，活下来的珊瑚苗都长大了2~3厘米，珊瑚架上有了锈斑和附着了珊瑚虫，软珊瑚的长势更加理想。更让人们高兴的是，很多生物已经住进了它们的新家。蓝壳蟹、管子鱼、马面豚等各种小鱼在珊瑚礁间穿梭，有点生机勃勃的感觉了。

“这是蛮大的一个自我肯定，让我觉得这个事情未来还可以继续做下去。第一批珊瑚苗下水时，大家都是摸着石头过河，参考的都是国外的一些经验和媒体报道上少量的资料。”猫丫告诉我。

未来，是不是可以做得更好

比起国外来，我们的珊瑚保育工作落后了几十年。早在20世纪八九十年代，国外就已着手珊瑚保育工作，主要开展的工作就是珊瑚礁的生态修复。修复工作中技术含量最高的，要数珊瑚虫人工繁殖技术研究，这其中包括有性繁殖和无性繁殖两种。

雌性及雄性珊瑚虫会在固定的几天内一起把大量的卵子及精子排放到海水中受精，每逢此时，整个海面就会充满珊瑚虫卵。有性繁殖主要是指在这个时间段到野外采集已受精的珊瑚虫卵，然后带回到室内培养，之后再由工作人员放回到海区进行增殖。

廖宝林告诉我，有性繁殖对采集珊瑚虫卵技术要求非常高，如果这一技术研究成功的话，对珊瑚的增殖效果比无性繁殖明显得多，也是他们今后重点要研究的方向。

无性繁殖主要是珊瑚分枝的再培育，水族箱养殖珊瑚多采用此种方式。珊瑚在合适的人工环境下，会像一棵小树的枝丫般“发芽”，待时机成熟将新长出的珊瑚芽体剪下，一般将此称为珊瑚苗，然后将珊瑚苗固定在底座，再进一步固定到人工珊瑚架上放回大海，这也是目前潜爱大鹏采用的主要方法。

此外，还有珊瑚人工生态礁修复与珊瑚移植，这两种方式更适合于已有部分珊瑚礁成活的海域。记得当年东南亚海啸过后，泰国普吉岛原有的珊瑚礁被破坏严重。我在潜水时，在水底看到了不少半圆形带着圆孔的金属物，这就是人工生态礁。它们被投放于浅海区域，吸引珊瑚幼虫附着，增殖珊瑚资源。

潜爱大鹏是幸运的。2014 年的珊瑚苗投放工作，得到广东海洋大学珊瑚保育专业人士肖宝华、廖宝林的协助，让潜爱大鹏的珊瑚苗投放技术跨过了盲目摸索的阶段。他们慷慨地分享出研究了六七年的专利技术，为潜爱大鹏做技术指导。他们设计了一款全新的人工珊瑚架，外形有点像一口大锅，也有点像一只外星飞船。

肖宝华介绍说：“这是仿自然生态理念的一种设计。扁平锅状有利珊瑚移植和附着，流体动力保持礁体（人工珊瑚架）在海底的稳定，多维空间能促进珊瑚礁独立复杂生态的自我形成。”专业人士讲话就是不同。

这次主要采用是无性繁殖，珊瑚苗像是被嵌在了一个类似于蛋筒的底座上，用特制的无毒快速水下粘剂固定，这是他们的一项专利技术。

不久前，400 颗珊瑚苗已经跟着“大锅”放进了海底。根据最近一次的下海调查来看，这次珊瑚苗的成活率得到了显著的提高，从 2013 年那次不到 30% 的成活率，上升至 90%，简直是飞跃式的进步。

尽管按肖宝华的说法，要实现一片海底花园的景观，现在所做的努力不是太小，而是太过小。不过，潜爱大鹏种的不仅仅是珊瑚苗，种的还有一种理念，一种梦想。或许明年这时候，潜爱大鹏会得到更多的支持，让 4000 颗珊瑚苗下水了呢？

后　记

章衣萍

在写这篇后记时，我正处于远离潜水一万光年的距离。

为什么？

十年前，我迷恋上了潜水，从此开启了一个新世界。

十年后，我当上了妈，又是一个新世界在等着我去探索。这意味着我不得不暂时告别大海，生活从做攻略、订机票、找酒店、研究签证切换成奶瓶、尿不湿、婴儿车。

身怀六甲还回味着过去美好的潜水生活同时码字写潜水专栏出书，另一方面又成天研究育儿经准备待产包，幸好我是双子座的，不用担心人格分裂。

不过，这两者并不矛盾。几年前，我就曾说过，要是找不到一个合适的固定 buddy（潜伴），我就自己生一个。怎么样，很酷吧！

学习潜水最小年龄的限制是从 10 岁起，我身边带着儿女共同出游潜水的案例还是蛮多的。来自四川的胖头鱼就是其中的一对。每次看到父子二人其乐融融地一起畅游海底，周游世界，不由让人心生羡慕。

前段时间，开潜水俱乐部的杭州老猫告诉我，他接到一对母子一起来学习潜水。和以往不同，以前都是父母想学，顺便带上自家小朋友；这次是小孩想学，拖着妈妈来学习。这个妈妈比较怕水，但是为了儿子还是克服了对水的恐惧，双双成功地拿到了潜水证。

而且，有潜水这一特长，对未来申请国外的学校还有帮助。一位朋友的小孩，就是因为会潜水以及曾经跟着爸爸做过潜水圈的义工，现在成功地拿到了美国某所顶尖高中的入学通知书。

就在这里许个愿吧，十年后带上我自己养大的buddy，一起携手去探索海底世界。